TIME ROULETTE

타임룰렛

TIME
Rouette
타임룰렛 15 완결

초판 1쇄 인쇄일 2018년 9월 12일 ㅣ **초판 1쇄 발행일** 2018년 9월 17일

지은이 최예균 ㅣ **펴낸이** 곽동현 ㅣ **담당편집 팀장** 이범수
편집부 홍현주 정요한

펴낸곳 (주)조은세상 ㅣ **출판등록** 제 2002-23호
주소 경기도 연천군 미산면 청정로 1355
TEL 편집부 02)587-2966 ㅣ FAX 02)587-2922
e-mail bukdu@comics21c.co.kr

최예균 ⓒ 2017
ISBN 979-11-89398-87-3 ㅣ ISBN 979-11-6171-108-9(set) ㅣ 값 8,000원

TIME
ROULETTE

타임룰렛 15
완 결

최예균 현대판타지 장편소설

NEO MODERN FANTASY STORY

CONTENTS

CONTENTS

Chapter 163. 주식의 신

[긴급 속보입니다. 금일 오전 10시, 검찰은 비자금 조성 및 뇌물 수수, 탈세, 금융거래법 위반 등의 혐의와 관련하여 KV 그룹 소속 임원 16명의 구속영장을 청구했습니다.

갑작스러운 영장 청구에 KV 그룹 측은 당혹스럽다는 입장을 보였습니다.

갑작스러운 검찰의 조사가 정부가 주도한 기업 죽이기의 폐단이라고 항변한 KV 그룹은 소속 법무팀과 외부 로펌의 도움을 받아 대처할 것이라며 입장을 표명했습니다.

한편, 이번 수사를 주도한 서울중앙지검 특수부 3부 신성준 부장검사는 이번 영장 청구는 현 정부의 태도와는 아무런 연관이 없다는 것을 알아줬으면 좋겠다는 말을 한 것으로 알려졌습니다.

더불어 이미 오래전부터 관련 정황을 포착하고 자료 역시 완벽하게 준비되었다는 입장을 보이고 있는데요.

이와 관련해서 일부 관련자들은 기업을 향한 지나친 공격적 태도는……]

드디어 검찰에서 칼을 뽑았다.

좀 더 정확히 말하자면, 검찰이 아닌 신성준 부장검사가 약속대로 칼춤을 추기 시작한 것이다.

물론 검찰 내부에서 말이 없던 것은 아니었다.

차장검사, 검사장, 검찰총장까지 미친 게 아니냐는 소리를 내질렀다.

내가 신성준 부장검사에게 건넨 완벽한 자료를 보고서도 말이다.

애초에 그들에게 중요한 것은 자료 따위가 아니었던 것이다.

하지만 신성준 부장검사는 굴하지 않고 도도한 자세로 그 모든 것을 받아쳤다.

[검찰이 재벌의 개는 아니지 않습니까? 그리고 선배님들도 눈이 있으면 보시기 바랍니다. 지금의 KV 그룹이 우리가 알던 KV 그룹입니까?

어차피 조각날 그룹이라면, 차라리 우리 손으로 밟아 버려야 합니다. 그래야 다른 재벌들도 우리 검찰을 무서워할거 아닙니까? 썩은 배는 갈아타야 하는 겁니다.]

아리송한 말이 아닐 수 없다.

KV 그룹을 밟자는 말은 분명하다.

그런데 듣고 있으면, KV 그룹을 밟아야지 앞으로 다른 재벌들에게 위엄이 살아 쭉 콩고물을 뽑아 먹을 수 있다는 말로도 들린다.

이게 부정척결인가? 아님 부정권유인가?

결국, 고민 끝에서는 위에서는 그럼 일단 수사하는 시늉이라도 해 보라는 말을 던졌다.

단, 그룹의 오너 일가는 피하라는 말과 함께 말이다.

한발 뒤로 물러나서 흐름을 보겠다는 얘기였다.

"멍청한 놈들. 애초에 오너 일가는 건드릴 생각도 없었다."

처음부터 KV 그룹의 오너 일가를 불러다가 검찰 조사를 받게 할 생각은 없었다.

회장 혹은 부회장이 며칠 자리를 비운다고 흔들릴 정도면 그건 재벌 그룹이 아니라 동네 구멍가게에 불과했다.

　　그렇기 때문에 타깃으로 잡았던 것은 그룹의 경영을 실질적으로 책임지는 임원, 그리고 실무진들이었다.

　　"……그나저나 적어 주신 주소로 보면 분명 여기가 맞는 것 같은데?"

　　특수부 전체가 KV 그룹의 임원 조사로 들썩거리고 있는 마당에 정작 일을 저지른 나는 휴가를 내고 강원도 속초에 와 있었다.

　　당연히 놀기 위해서는 아니었다.

　　김주훈 대통령이 내게 건네준 쪽지의 주인공.

　　주식의 신이라고 불리는 황갑순 여사를 만나기 위해서였다.

　　끼룩- 끼룩-

　　"……."

　　그러나 그 유명한 주식의 신이 사는 곳치고는 보이는 거라고는 푸르른 바다와 갈매기, 해풍에 생선을 말리고 계시는 어르신뿐이었다.

　　어르신은 얼핏 보기에도 족히 일흔은 넘어 보이셨다.

　　"저기요 어르신."

　　결국 생선을 말리고 계신 어르신에게 다가가서 말을 걸었다.

스윽-

얼굴의 주름이 가득한 할아버지의 시선이 내게로 향했다.

그리고는 마치 없는 사람마냥 다시 고개를 돌려 일에 집중하기 시작했다.

"저, 저기요 어르신?"

"……."

여전히 묵묵부답.

"그 이 마을에 황갑순 여사님께서 사신다고 들었는데, 혹시 모르시나요?"

요즘 도시 사람들이야 동네는커녕 앞집과 옆집에 누가 사는지도 알지 못한다.

그러나 시골 같은 경우는 옆집의 숟가락이 몇 개인지 아는 것은 무리지만, 그래도 대강 동네에 누가 살고 있는지 정도는 모두들 알고 지냈다.

"황 여사?"

황갑순 여사의 이름을 꺼내자 어르신에게서 반응이 왔다.

희망이 보인 것 같다는 생각에 재빨리 말을 이었다.

"네, 황갑순 여사님께서 이곳에 머물고 있다고 들었습니다."

"그렇지. 근데 자네는 누군가?"

"아! 저는……."

재빨리 품에서 검사 명함을 꺼내 내밀었다.

어르신이 눈을 가늘게 뜨며 명함을 살폈다.

"서울중앙지검 한정훈 검사? 으잉? 자네…… 아니 검사님이었나?"

대번에 호칭이 바뀌었다.

목소리에 은은한 떨림마저 있었다.

슬픈 얘기이긴 하지만, 1970~80년대를 보내신 어른들에게는 아직 경찰과 검사 같은 공권력은 공포와 두려움의 상징이었다.

"편하게 말씀하셔도 됩니다. 그냥 손자처럼 대해 주세요."

"……그, 그래도 되겠나?"

"물론이죠."

"크흠. 근데 검사가 황 여사는 왜 찾는 건가? 혹시 황 여사가 무슨 죄라도 지었어?"

크게 놀라며 묻는 어르신을 향해 급히 손을 휘저었다.

"아닙니다. 그게 아니라 제가 과거에 도움을 받은 적이 있어서 그렇습니다."

"아아! 하긴 황 여사가 사람 돕는 일을 좋아하기도 하지.

저번에는 마을 사람들을 모두 불러서 엄청 큰 돼지를 잡았으니까. 또 작년에는 마을 회관에 에어컨도 새로 바꿔 줬고. 그리고 언제였더라?"

어르신의 입술을 타고 황갑순 여사의 자랑이 끊임없이 흘러나왔다.

그렇게 얼마의 시간이 흘렀을까?

태양 빛이 이제 슬슬 뜨겁다고 느껴질 무렵 어르신이 고개를 끄덕거렸다.

"……아무튼 참 좋은 사람이야. 아차! 이거 내가 괜히 바쁜 사람을 붙잡고 쓸데없는 소리만 늘어놨구만."

"괜찮습니다."

"그 황 여사는 저기 저 푸른 지붕 집 보이지?"

어르신의 손가락을 따라 시선을 돌리니 과연 푸른 지붕으로 되어 있는 아담한 단독 주택이 보였다.

"평상시에는 늘 집에만 있으니 저기로 가면 만나 볼 수 있을 걸세."

"아, 그렇군요. 어르신, 고맙습니다."

"고맙기는 무슨. 그럼, 볼일 잘 보도록 하게."

누런 이를 드러내며 씩 웃은 어르신은 이내 할 말을 다 했다는 듯 다시 생선 손질에 집중하시기 시작했다.

가볍게 고개를 숙이고는 푸른 지붕의 주택을 향해 걸음

을 옮겼다.

저벅– 저벅–

대략 700m 정도를 걸었을까?

한낮임에도 불구하고 시골의 마을답게 조용하고 적막한 분위기가 감돌았다.

그 사이에 고즈넉한 자태를 뽐내고 있는 아담한 주택은 보고 있는 것만으로도 마음이 편해졌다.

[황갑순]

굳게 닫힌 철문의 옆에는 멋들어진 명패에 황갑순이라는 이름이 적혀 있었다.

"후우. 다행히 맞게 찾아왔네."

호흡을 들이마시고 대문 옆의 초인종을 눌렀다.

딩동– 딩동–

벨을 누르고 잠시 기다리고 있자니 안쪽에서 목소리가 흘러나왔다.

[누구십니까?]

"서울에서 온 한정훈이라고 합니다."

[……처음 듣는 이름인데?]

혹시 김주훈 대통령이 언질을 해 주지 않았을까 기대를

했지만, 그건 아니었던 모양이었다.

정말로 그의 도움은 황갑순 여사의 존재와 그녀가 있는 위치를 알려주는 것까지였다.

"김주훈 대통령님 소개로 찾아왔습니다."

[……그 반푼이가 소개를?]

한 나라의 대통령을 두고 실제로 반푼이라고 말할 수 있는 사람이 얼마나 있을까?

'혹시 이대로 쫓겨나는 건 아니겠지?'

직접 보지는 않았지만, 어째 목소리에 날이 서 있는 것이 분위기가 심상치 않았다.

덜컥-

잠시 후 대문의 잠금장치가 열리는 소리가 들려왔다.

[일단 들어오게.]

다행히 첫 관문은 통과였다.

열린 대문의 안으로 들어서며 가장 먼저 시야에 들어온 것은 푸른 잔디와 소나무였다.

'냄새는 좋네.'

바다 향과 솔 향이 어우러져 코끝으로 들어오는 향기가 나쁘지 않았다.

하지만 향기를 느낄 여유는 그리 길지 않았다.

현관문 앞에서 지팡이를 짚고 서 있는 할머니.

그녀가 바로 김주훈 대통령이 소개한 주식의 신, 황갑순 여사라는 것을 알아보는 것은 그리 어렵지 않았다.

'기운이 장난 아니신데.'

머리를 단정하게 빗어 넘기고 개량 한복을 입고 있었는데, 눈매가 장난 아니었다.

어지간한 사람이라면 노려보는 것만으로도 시선을 내리깔고 안절부절못하게 만들 것 같은 기세라고나 할까?

그러나 아무리 대단한 기세라고 해도 그건 어디까지나 일반인에게 해당 되는 것이다.

황갑순 여사의 눈빛에서 쏟아져 나오는 무시무시한 기세는 내게 티끌만 한 심장의 쫄깃함도 주지 못하고 흩어져 버렸다.

그래서일까?

그녀의 눈에 이채가 어렸다.

"……젊은 놈이 기운이 대단하구나. 정치판에서 굴러먹은 어지간한 구렁이들보다도 기운이 강해."

"그거 칭찬이시죠?"

"끌끌. 그거야 생각하기 마련이지. 그리 서 있지 말고 안으로 들어오너라."

황갑순 여사가 안으로 걸음을 옮기자 나 역시 그 뒤를 따라 집 안으로 들어섰다.

'생각보다 간소하네?'

집 안은 딱히 뭐라고 할 수 없을 정도로 간소했다.

요새 말하는 미니멀 라이프와 같은 형태는 아니었지만, 가구는 물론 소품 하나하나가 깔끔하게 정리되어 있었다.

주식의 신이라고 불렸기 때문에 오히려 화려할 것이라고 생각했던 내 예상과는 정반대였다.

"들어왔으면 앉을 것이지. 뭘 그렇게 멀뚱거리고 있어?"

"아, 네."

"그래. 김주훈, 그 반푼이가 보냈다고?"

자리에 앉자마자 황갑순 여사가 불쑥 질문을 던졌다.

고개를 끄덕이자 다시 한 번 그녀가 날 위아래로 훑어봤다.

"끌끌. 그래, 네 이름은?"

"한정훈이라고 합니다."

"한정훈? 오호라. 네가 바로 요새 KV 그룹을 잡아먹겠다고 설치는 그 젊은 녀석이구나."

내 입가에 미소가 가라앉았다.

내가 KV 그룹을 상대로 진행하는 일은 나와 깊은 관계를 맺고 있는 몇몇뿐이다.

당연히 TV는 물론 신문에 기사가 나간 적은 단 한 번도 없었다.

17

"끌끌. 뭘 그리 놀라! 그 반푼이에게 이 늙은이가 누구인지 못 들은 게냐?"

"주식의 신이라고 들었습니다."

"그래, 그럼 그 주식에서 가장 중요한 게 무엇이라고 생각하느냐?"

자본? 아니다.

인맥? 그것도 아니다.

주식에서 중요한 것.

그에 대한 답은 애초에 정해져 있었다.

"남들보다 한발 빠른 정보."

주식이란 결국 낮은 가격에 사서 높은 가격에 파는 일종의 게임이다.

무릎에서 사서 어깨에서 팔아라.

어깨에서 사서 머리에서 팔아라.

괜히 이런 말이 나온 것이 아니었다.

그리고 이런 것을 가능하게 만들어 주는 것이 바로 정보의 힘이었다.

"그래도 기본은 있구나. 끌끌."

황갑순 여사가 나지막이 웃음을 흘렸다.

"그래, 자네가 날 찾아온 이유는 아마 내가 가지고 있는 주식 때문이겠지?"

"부정하지 않겠습니다. 만약 보유하신 주식을 제게 넘기신다면, 본래 KV 전자의 주식 시가보다 두 배를 드리겠습니다."

KV 그룹도 바보는 아니다.

아니, 그곳에는 내로라하는 브레인들이 모여 있다.

누군가 자신들의 주식을 매입하고 있다는 사실을 모를 리 없었다.

당연히 주가를 방어하고 우호 지분을 확보하는 데 있어 총력을 다하고 있었다.

그 덕분에 KV 전자의 주식을 확보하는 데 제동이 걸렸다.

'현재 확보한 주식과 우호 지분을 모두 합하면 대략 46%.'

케빈이 필사적으로 활약하고 있지만, 개미들의 지분을 끌어모으는 것은 이제 거의 한계였다.

확실한 승부수를 던지려면, 대주주들이 쥐고 있는 주식을 내 것으로 만들어야 했다.

"끌끌. 두 배라. 제법 남는 장사가 되겠구나. 하지만 자네가 보기에 내가 돈이 필요한 사람으로 보이나?"

"······돈을 싫어하는 사람은 없을 겁니다."

아니, 애초에 사람이 세상에서 살아가기 위해서 돈은

필수부가결의 요소였다.

"이 늙은이는 자식도 없고 먹여 살릴 남편도 없다네. 오래전 사고로 모두 떠나갔지. 덕분에 주식으로 벌어 둔 돈을 마땅히 쓸 곳이 없어. 근근이 이 늙은이와 어울려 주는 마을 사람들을 위해 베푸는 게 전부라고 할까?"

생선을 해풍에 말리고 있던 어르신의 말이 떠올랐다.

마을 잔치부터 해서 에어컨까지.

일반인에게는 조금 부담될 수 있지만, 황갑순 여사가 보유한 재력에 비한다면 조족지혈에 불과했다.

"그럼, 말을 바꾸겠습니다. 절 도와주실 수 있겠습니까?"

주식을 매입하는 게 최선이기는 하지만, 팔지 않는다는 것을 억지로 팔라고 계속 권할 수는 없다.

그렇다면 최소한 황갑순 여사가 KV 그룹을 지지하는 것만은 막아야 했다.

"도움이라…… 자네가 현재 보유한 주식이 몇%인가?"

"46% 정도입니다."

황갑순 여사가 놀란 듯 눈썹을 꿈틀거리더니, 이내 웃음을 흘렸다.

"끌끌, 거기에 내가 보유한 3.6%를 더한다면 지금의 구렁이들을 밖으로 쫓아낼 수 있겠구만. 그 뒤에는 자네가 그 자리에 오를 생각이고?"

"저는 기업 경영에는 관심이 없습니다."

"응?"

"기업은 전문 경영인에게 맡길 생각입니다."

"기업 경영에도 관심이 없는데. 굳이 KV 그룹을 선택한 이유가 뭔가?"

언젠가 김주훈 대통령도 내게 같은 질문을 던졌었다.

아니, 그뿐만 아니라 날 위해 애쓰고 있는 사람 모두가 한 번씩은 던진 질문이었다.

어째서 굳이 KV 그룹이냐고 말이다.

거기에 관해서 난 늘 일관되게 대답했다.

"별것 없습니다. 그저 죄지은 놈이 두 발 뻗고 잘 먹고 잘사는 게 마음에 들지 않을 뿐입니다."

"끌끌. 미친놈이구나."

황갑순 여사가 누런 이를 훤히 드러내며 웃음을 흘렸다.

"세상은 원래 죄지은 놈들이 더 잘 먹고 잘 입고 잘 자는 것이란다. 네 녀석도 그 사실을 잘 알고 있을 텐데?"

"네, 잘 알고 있습니다. 그리고 한 가지 더 알고 있는 게 있습니다."

"응?"

"잘난 놈을 깔아뭉개는 건 그들보다 더 잘난 놈이라는 거죠."

덤덤한 내 말에 황갑순 여사의 눈이 커졌다.

"그 말은 네가 국내 굴지의 재벌보다 잘난 놈이라는 게 냐?"

"그러니까 지금 이곳에서 여사님을 만나고 있는 것 아니 겠습니까?"

"끌끌. 웃긴 녀석 같으니."

"여사님, 절 도와주시겠습니까?"

황갑순 여사의 입가에 미소가 사라진다.

그리고는 마치 판별하듯 그녀의 눈동자가 날 들여다봤다.

째깍– 째깍–

고요한 집 안에 시계 초침소리가 귓전을 어지럽혔다.

"내가 주식에 손을 댄 지 30년. 주신의 신이라는 웃기지 도 않은 소리를 듣고 있지만, 한 가지 확실한 건 이 늙은이 는 지금까지 살아오면서 단 한 번도 손해 보는 장사는 하지 않았다는 것이다. 만약 이 늙은이가 가진 힘으로 널 돕는다 면 너는 네게 무엇을 해 주겠느냐?"

말을 끝낸 황갑순 여사가 주머니에서 명함 하나를 꺼내 내 앞으로 내밀었다.

[KV 그룹 미래전략기획실 마동수 실장]

"……!"

명함을 보는 순간 알 수 있었다.

KV 그룹에서 한발 앞서 황갑순 여사를 찾아왔던 것이다.

'하지만 긍정의 대답을 듣지 못한 것은 분명하다.'

애초에 KV 그룹 쪽에 긍정적인 대답을 해 줬다면, 나를 집 안에 들이지도 않고 쫓아냈을 것이다.

"자, 이 늙은이에게 무엇을 줄 것이냐? 앞서 말했지만 돈은 나도 제법 쓸 만큼 있단다."

돈으로는 설득이 안 된다는 말이었다.

"그럼, 그룹 경영을 한번 해 보시겠습니까?"

"끌끌, 제법 재미있는 농담이구나. 하지만 농담은 한 번으로 족하단다."

두뇌가 빠르게 움직인다.

과연 어떤 조건을 걸어야 황갑순 여사가 마음에 들어 하고 날 위해 움직여 줄까?

'돈과 자리로는 움직일 수 없는 사람. 그렇다면……'

생각을 굳히고 입을 열었다.

"저를 드리겠습니다."

"뭐?"

황갑순 여사가 어이없다는 표정을 짓고는 말했다.

"이 늙은이에게 장가를 오겠다는 소리는 아닐 거고. 가족이 없다는 소리를 벌써 까먹을 정도로 머리가 나빠 보이지는 않고. 또 농담은 아까 한 번이면 충분하다고 했을 텐데?"

말 한마디 잘못 던지면 바로 쫓겨날 것 같은 분위기다.

하지만 이미 주사위는 판에 던져졌다.

"돈도 싫고 자리도 싫다고 하시니, 절 드리겠다는 말입니다. 앞으로 제가 하는 일을 보면 꽤 재미있을 겁니다. 제가 세상을 완전히 뒤집어 버릴 테니까요."

"세상을 뒤집어?"

"제 나이에 재벌가를 상대로 싸움을 거는 미친놈을 보신 적이 있으십니까?"

"……"

처음으로 황갑순 여사의 말문이 막혔다.

그럴 수밖에 없었다.

IT 업계에서 자수성가를 해서 억만장자가 된 사례는 종종 있다.

하지만 이미 건재한 재벌가를 무너트리겠다고 나서는 사람은 없었다.

"그러니까 네 녀석의 싸움은 KV 그룹을 무너트리는 것이 끝이 아니라 시작이라는 말이구나."

"네."

"그리고 그 재미를 앞으로 내게 보여 주겠다는 거고? 하지만 그냥 지켜보는 일이라면 굳이 너를 돕지 않아도 상관없을 텐데? 아까 말했듯 이 늙은이의 정보력도 꽤 쓸 만하거든."

"아마 재미를 느낄 수는 없을 겁니다."

"……?"

"오늘 이 자리에서 절 도와주시겠다고 말씀해 주시지 않는다면, 그 이후로 여사님은 제게 적이 되는 거니까요. 전적이 제 정보를 계속 얻도록 놔둘 만큼 어수룩한 사람이 아닙니다."

만약 KV 그룹이 황갑순 여사를 찾아오지 않았다면, 이렇게까지 말하지 않았을 것이다.

하지만 KV 그룹에서 이미 찾아온 이상 그들은 어떻게든 황갑순 여사를 우호 세력으로 만들기 위해 총력을 쏟아부을 것이다.

지금 상황에서 3.6%의 주식은 결코 작은 수치가 아니었기 때문이다.

그러니 내 입장에서는 혹시라도 황갑순 여사가 KV 그룹으로 돌아설 수 있는 모든 가능성을 차단해야 했다.

"……지금 이 늙은이를 협박하는 건가?"

"협박을 할 생각이었다면, 오늘 굳이 이렇게 여사님을 찾아오지도 않았을 겁니다."

"끌끌. 하긴 그것도 그렇지."

잠시 생각을 하던 황갑순 여사가 팔짱을 끼고는 말했다.

"주주총회는 언제로 생각하고 있나?"

"3주 뒤입니다."

"안건은 당연히 현 회장인 곽도원의 퇴임과 경영진 교체겠지?"

고개를 끄덕였다.

"끌끌. 좋아, 그럼 이렇게 하지. 그 기간 동안 KV 그룹 쪽에서는 날 자신들의 우호 세력으로 만들기 위해 온갖 방법을 쓸 게야."

당연한 얘기였다.

처음에는 회유책을 사용하겠지만, 주주 총회가 가까워져 오면 그들은 자신들의 뜻을 이루기 위해 수단 방법을 가리지 않을 것이다.

"그 기간 동안 자네가 날 무사히 지켜 내면, 내 자네의 편에 서도록 하지. 뿐만 아니라 기존 오너 일가에 우호적인 이들도 자네 쪽에 서도록 도와주겠네."

"진심이십니까?"

"그럼 장난으로 하는 소리일까? 하지만 쉽게 생각해서는 안 될 게야. 사람이란 궁지에 몰리기 시작하면 짐승도 하지 않을 짓을 벌이니까. 과연 자네가 날 그들로부터 지킬 수 있을까? 미리 말하지만, 이 늙은이가 다른 욕심은 없어도 이승에 미련이 많이 남아서 말이야. 혹시라도 위험해질 것 같으면 나는 냉큼 KV 그룹 쪽을 지지할 것이네. 끌끌."

"위험해질 일은 절대 없을 겁니다."

0.1초의 망설임도 없이 대답을 하자 오히려 황갑순 여사가 당황한 표정을 짓는다.

하지만 그러거나 말거나 난 곧장 휴대폰을 꺼내 박무봉에게 전화를 걸었다.

"네, 접니다. 지금 제가 찍어 주는 주소로 최정예로 구성된 경호팀 보내 주세요. 경호 기한은 3주입니다."

짤막하게 용건을 보내고 곧장 황갑순 여사의 집 주소를 문자로 보냈다.

그리고는 눈을 깜박거리며, 상황을 이해하지 못한 황갑순 여사에게 말했다.

"지금부터 3주 동안 국내 최고의 경호팀이 여사님을 경호할 겁니다."

KV 그룹도 분명 경호팀, 시큐리티들이 있을 것이다.

그게 아니라면, 음지에서 활동하는 조폭들과 연이 닿아 있을지도 모른다.

하지만 상관없다.

지금 내가 부른 경호팀은 무려 1급 보안 락이 걸려 있던 박무봉이 검증에 검증을 걸쳐 만든 팀이다.

현역에서 활동하고 있는 특수부대가 온다고 해도 제압을 했으면 했지 당할 위인들이 아니었다.

오히려 KV 그룹에서 사람을 보낸다면, 꽤 재미있는 광경이 일어날 것이다.

같은 시각.

KV 그룹 사옥 미래전략기획실.

턱밑까지 내려온 다크 서클에도 불구하고 마동수 실장의 시선은 모니터에 고정되어 있었다.

그 안에는 현재 그룹이 확보한 주식과 우호적인 세력에 관한 리스트가 있었다.

그러나 우호적인 세력은 말 그대로 우호일 뿐이다.

이익에 따라서 우호가 적대가 되는 것은 이 바닥에서 아주 흔한 일이었다.

"……실장님, 커피 드세요."

김이 모락모락 나는 커피가 마동수 실장 앞으로 내밀어졌다.

마동수가 고개를 올리자 그와 마찬가지로 다크 서클이 깊게 내려와 있는 차선영 과장의 모습이 보였다.

그녀 역시 하버드 대학 출신으로 미래전략기획실의 에이스 중 한 명이었다.

"고맙네."

마동수가 커피를 한 모금 들이켜는 사이 차선영 과장이 눈치를 보며 말했다.

"저 실장님."

"왜?"

"그 속초에 가신 일은 어떻게 되셨습니까?"

현재 미래전략기획실이 가장 우선시하고 있는 것은 두 가지.

자사의 주식을 매입하고 있는 정체불명의 세력을 파악하는 것과 경영권 방어를 위한 주식 확보였다.

"늙은이가 고집이 아주 세더군."

"거절을 하셨군요."

차선영의 얼굴이 어두워졌다.

그녀가 말을 이었다.

"하지만 지금 상황에서 황갑순 씨의 도움은 저희에게 절대적으로 필요합니다. 어떻게든 저희 편으로 끌어들여야 합니다."

"어떻게든이라……."

마동수가 다시 커피를 한 모금 들이켜며 중얼거렸다.

스윽-

그리고는 고개를 들어 다시 차선영 과장을 쳐다봤다.

"자네가 말하는 그 어떻게든에는 어떠한 방법이 있다고 생각하나?"

"네?"

"방법 말이야. 자네 입으로 조금 전에 말하지 않았나? 어떻게든 우리 편으로 끌어들어야 한다고."

순간 주변의 시선이 마동수 실장과 차선영 과장에게로 향했다.

만약 그들이 서 있던 곳이 마동수 실장의 개인 사무실이었다면 이런 눈초리를 받지 않았을 것이다.

하지만 상황이 상황인 만큼 마동수 실장은 개인 사무실이 아닌 미래전략기획실 인원이 근무하는 파티션에 자리를 잡은 상황이었다.

당연히 그들이 하는 대화는 기획실 직원들의 귀에도 전부 들렸다.

잘근– 잘근–

차선영 과장이 입술을 깨물었다.

딱지치기로 지금의 자리까지 올라온 그녀가 아니었다.

아니, 대한민국 사회에서 여성이 고위직에 오르는 것은 남성보다 어렵다.

그만큼 이 자리에 오르기까지 더 힘든 시절을 보낸 그녀였기 때문에 말 한마디가 갖는 무게를 누구보다 잘 알고 있었다.

'바보같이. 괜히 쓸데없는 소리를 했어.'

그녀의 입장에서는 마동수 실장을 걱정하면서 단순히 그의 환심을 사기 위해 던진 말이었다.

그런데 오히려 그게 비수가 되어 돌아왔다.

지금의 질문에 제대로 된 답변을 하지 못한다면, 마동수 실장의 입장에서 그녀의 평가는 순위 밖으로 밀려날 것이 불 보듯 뻔했다.

'웃기지 마. 내가 어떻게 이 자리까지 올라왔는데. 여기서 무너질 것 같아?'

KV 그룹의 미래전략기획실은 단순히 오고 싶다고 해서 올 수 있는 곳이 아니다.

신입 사원 중에서도 성적 우수자.

그중에서도 온갖 부서를 두루 돌며, 그 성과가 인정받아야지만 올 수 있는 곳이 바로 미래전략기획실이었다.

그렇기 때문에 미래전략기획실의 대리급은 다른 부서로 치자면 과장급, 과장급은 부장급 이상의 대우를 받았다.

꽉–

차선영 과장이 입술을 그만 깨물고 도리어 이를 악물었다.

"실장님, 이번 일 제게 맡겨 주시겠습니까?"

"맡겨 달라고?"

"네, 제가 책임지고 이번 일을 추진하도록 하겠습니다. 대신!"

마동수 실장의 눈이 차선영 과장을 지그시 쳐다봤다.

그녀가 그 눈빛을 이겨 내며 말을 이었다.

"실장님께서 움직일 수 있는 카드를 제게 주세요. 그럼, 목숨 걸고 반드시 이번 일을 성공시키겠습니다."

"안 돼."

너무나도 단호한 목소리.

그 목소리에 당황한 쪽은 차선영 과장이었다.

적어도 지금의 말을 하기까지 그녀는 엄청난 고민과 다짐을 해야 했기 때문이다.

나름 승부수를 던진 셈이라고 할 수 있다.

차선영 과장이 떨리는 목소리로 물었다.

"어, 어째서입니까?"

"고작 네 목숨 따위로 그룹의 운명을 결정할 수 있다고 생각하나?"

어찌 보면 사람을 비참하게 만들 수 있는 말이기도 했지만, 현실이 그러했다.

아무런 말을 하지 못하던 차선영 과장이 고개를 숙였다.

명석한 그녀의 머리도 지금에서는 무슨 말을 해야 할지 몰랐다.

그 모습을 지켜보던 마동수 실장이 깊은 한숨을 내쉬었다.

"후우."

평소 그를 알던 사람이 봤다면 크게 놀랄 장면이었다.

마동수 실장은 자신보다 높은 사람이건 낮은 사람이건 누군가의 앞에서 한숨 따위를 쉬는 인물이 아니었다.

하지만 이미 한 차례 정신적 충격을 받은 차선영 과장은 거기까지 생각할 겨를이 없었다.

"……이런 상황에서 목숨을 던져서 그룹을 살린다고 과연 우리에게 무엇이 돌아올까? 돈? 명예? 권력? 오히려 반대로 책임을 져야 할 수도 있는 일이지."

"네?"

회한이 가득 어린 마동수 실장의 목소리에 차선영 과장이 고개를 들어 올렸다.

"모두 이리 모여!"

바로 그 순간, 마동수 실장이 일을 하는 척하면서 귀를 기울이고 있던 미래전략기획실 직원 전부를 호출했다.

후다닥—

그러자 마치 선임에게 부름을 받은 이등병처럼 십여 명이 넘는 직원들이 일제히 그의 앞으로 뛰어왔다.

각자 자신의 직급에 맞게 줄을 서 있는 그들을 보며 마동수 실장이 가장 왼쪽에 있는 중년의 대머리 사내를 향해 물었다.

"김 부장님."

"네!"

"첫째가 몇 살이라고 하셨죠? 올해로 고등학교 2학년이던가요?"

김 부장이라고 불린 사내가 이마에 땀을 닦아 냈다.

미래전략기획실 부장이면, 다른 계열사에서는 임원급이다.

더욱이 그가 KV 그룹에 몸담아 온 세월만 대략 20년.

하지만 그럼에도 월급 받는 직장인의 처지란, 늘 자신보다 높은 사람 앞에 서면 긴장할 수밖에 없었다.

"그게 저기 그러니까 올해 대학교에 들어갔습니다."

"그래요? 벌써 그렇게 됐군요. 그럼 한 차장님."

"네!"

김 부장의 옆에 서 있던 **삐삐** 마른 사내가 바짝 군기가 든 목소리로 대답했다.

"따님께서 예고에 다니신다고요?"

"마, 맞습니다. 무용을 하고 있습니다."

"돈이 많이 드시겠군요."

고개를 끄덕인 마동수 실장이 그 옆에 있는 사람에게로 시선을 돌렸다.

"문 차장님 그리고 명 과장."

그렇게 한 사람씩 차례로 호명하며 마동수 실장이 가정 사를 거론했다.

자식이 있는 사람은 자식에 대해 물었고 결혼을 앞둔 사람은 결혼에 관한 질문을 했다.

그게 아니면, 부모님들의 안부에 관해서 묻기도 했다.

미래전략기획실 직원들 입장에서는 이런 갑작스러운 질문이 당황스러울 수밖에 없었다.

'대체 왜 이런 걸 묻는 거지?'

'차라리 혼을 내면 마음이 편할 텐데.'

'또 무슨 말씀을 하시려고.'

온갖 상상이 머릿속을 휘감았지만, 직원들 전부 마동수 실장이 묻는 질문에 순순히 대답했다.

그렇게 15분 정도의 시간이 흘렀을까?

다시 고개를 끄덕인 마동수 실장이 평소와 다른 어투로 물었다.

"얘기 잘 들었습니다. 그런데 여러분 혹시 회사가 망하면 혹시 먹고살 거리는 마련해 두셨습니까?"

두둥!

순간 기획실 모든 직원들의 머릿속에 거대한 망치가 떨어졌다.

"시, 실장님! 혹시 저희 모두 사표를 써야 하는 겁니까?"

자식이 대학교에 들어간 지 얼마 되지 않았다고 대답한 김 부장이 제일 먼저 입을 열었다.

이 자리에서는 대기업 핵심부서의 부장이라는 자리에 있지만, 밖에서 다른 사람이 보기에는 그저 머리가 벗겨지고 배가 나온 아저씨에 불과했다.

다른 직원들 역시 불안한 눈초리로 마동수 실장의 눈을 응시했다.

마동수 실장이 고개를 저으며 말했다.

"그런 게 아닙니다. 다만 그저 묻고 싶을 뿐입니다. 요즘은 100세 시대라고 하지 않습니까? 회사를 그만두시면 무얼

할지 정해 두셨습니까?"

모두의 가슴이 꽉 막히는 소리였다.

말이 좋아 100세 시대였다.

의료기술과 생명공학의 발전으로 100세까지 장수할 수 있다지만, 사회에서 이름 있는 대기업은 기껏해야 그 반인 50세면 명예퇴직을 준비해야 했다.

꿈의 직장이라는 공무원 역시 60세면 정년을 준비해야 하는 것이 현실이었다.

일을 할 수 있는 시간보다 그렇지 않고 살아가야 하는 시간이 더 길어지는 흐름이 찾아온 것이다.

"……저 그럼, 실장님은 따로 준비한 게 있으십니까?"

차선영 과장의 직접적인 물음에 다른 직원들이 깜짝 놀란 표정으로 그녀를 쳐다봤다.

하지만 정작 마동수 실장의 표정은 별다른 변화가 없었다.

"나 같은 경우는 부모님도 돌아가셨고 친척들도 없네. 그리고 아는 것처럼 결혼도 하지 않아서 와이프도 없고 자식도 없지. 그에 비해 모아 놓은 돈은 좀 있어서 은퇴를 해도 제 한 몸은 충분히 건사할 수 있을 것 같군."

잠깐이지만 순간 유부남들의 얼굴에 부럽다는 표정이 스쳐 지나갔다.

차선영 과장이 씁쓸한 얼굴로 말했다.

"……역시 실장님은 이런 쪽에서도 완벽하시네요."

"그럼, 다시 질문을 하죠. 회사를 나가시면 먹고살 거리는 있으십니까?"

눈치를 보던 사람들이 조심스레 입을 연다.

"그, 음식점이라도 하려고 주말에 요리 학원에 다니고 있습니다."

"전 원래 작가가 꿈이었습니다. 그래서 요새는 인강도 듣고 밤에 학원을 다니고 있습니다."

"저는 치킨을 좋아해서 치킨집을……."

"제주도로 내려가서 게스트 하우스를 해 볼까 싶어요."

망설이던 사람들이 한 명씩 입을 열기 시작하자 조금은 풀어진 표정으로 자신의 꿈 혹은 훗날을 대비한 준비를 말하기 시작했다.

모두의 얘기를 들은 마동수 실장이 다시 천천히 고개를 끄덕였다.

"다행입니다. 모두 계획은 있으니까요. 그럼, 앞으로는 그 계획을 위해서 좀 더 열심히 움직이도록 하세요. 김 부장님."

"네? 네!"

"방금 나온 사항들 보고서로 작성해 제게 전달해 주세요.

제가 확인하고 회사에서 지원할 수 있는 방안이나 혹은 제 개인적으로 도울 수 있는 방법을 찾아보겠습니다."

다들 눈을 깜빡거린다.

이게 대체 무슨 의미일까?

조심스레 사람들의 시선이 다시 차선영 과장에게로 향했다.

모두의 속마음에 있는 궁금증.

그걸 풀어 줬으면 하는 마음에서였다.

그 시선을 느낀 차선영 과장이 속으로 한숨을 쉬었다.

이런 식으로 등 떠밀리는 건 싫었지만, 그녀 또한 궁금한 건 마찬가지였다.

"실장님. 건방질 수 있겠지만, 어째서 저희에게 그런 호의를 베푸시는 건지 여쭤봐도 될까요?"

"어째서 그게 궁금하지?"

"이유 없는 호의는 없다고 배웠기 때문입니다. 가족은 물론 직장에서는 더욱더 말입니다. 실장님께서 늘 그렇게 말씀하셨으니까요."

씩-

마동수 실장의 입가에 미소가 걸렸다.

"맞아. 세상에 이유 없는 호의는 없지. 그리고 내가 여러분께 베푸는 이번 호의에도 이유는 있고. 그건 바로……."

모두가 마동수 실장의 이어질 말에 집중했다.

"여러분들이 내 밑에서 일하던 사람이기 때문이야."

"……?"

"나는 내 밑에서 일하던 사람이 고작 회사를 나갔단 이유 하나만으로 인생의 패배자처럼 살아가는 걸 원치 않으니까. 그렇게 되면 그 사람의 상사였던 내가 무능력한 인간이라는 것에 대한 반증이 되기 때문이야."

말도 안 되는 소리였다.

하지만 누구도 마동수 실장의 말에 반박하지 못했다.

그만큼 지금까지 그가 보여 준 자부심은 엄청났기 때문이다.

[그래, 이 사람이라면 그러고도 충분하지.]

모두에 머릿속에 든 생각은 하나.

그리고 슬며시 입가에 미소가 피어났다.

정말 힘든 상사이긴 하지만 어디를 가더라도 그 실력 하나만큼은 최고라고 할 수 있는 사람이었다.

스윽―

마동수 실장이 팔짱을 끼며 말했다.

"모두 알겠지만 현재 회사 사정은 무척 어렵다. 최고의 인재라는 우리들이 이를 악물고 방법을 짜내도 티가 안 날 정도로 말이야. 이런 상황이라면, 회사가 우리를 내치거나 혹은 우리가 회사를 버리는 가능성도 염두에 두어야 한다. 어째서냐고 묻는다면, 답은 간단해. 여기가 우리의 전부는 아니니까."

회사가 인생의 전부는 아니다.

누구나 알고 있는 말이지만, 쉽게 표현할 수 없는 말이다.

그러나 회사가 전부인 것처럼 보이던 마동수가 그리 말하니 그 의미가 다르게 들려왔다.

"아까도 말했지만, 그렇기 때문에 난 내 밑에서 일하던 사람들이 적어도 이곳을 떠났을 때 패배자라는 소리를 듣게 하고 싶지는 않다. 그러니까 회사가 어려울수록 이 회사를 울타리 삼아 패배자가 되지 않도록 할 수 있는 건 모두 지원해 주지. 상사인 내가 당신들에게 해 줄 수 있는 마지막 호의라고 생각하도록."

뭉클―

모두의 심장에 알 수 없는 감정이 꿈틀거렸다.

하지만 마동수 실장은 그 감정을 느낄 여유 따위는 주지 않았다.

탁!

가볍게 책상을 두드린 마동수의 어투는 어느덧 평상시로 돌아와 있었다.

"그럼, 오늘까지 김 부장님은 보고서 만들어 오시고. 남은 사람들은 모두 자리로 돌아가서 각자 일 보도록."

Chapter 164. 행적

대한민국에 들어온 여행자들의 공통된 목적은 한 가지다.

바로 여행자 살해자라고 불리는 하운드를 찾는 것이다.

물론 하운드를 찾는 이유마저 동일한 것은 아니다.

누군가는 하운드를 위험 요소라고 판단하고 제거하기 위해서다.

또 누군가는 그를 자신의 편으로 끌어들이기 위해서일 수도 있다.

물론 이들을 제외하고 복수를 위해 하운드를 찾는 사람들도 있다.

하지만 아직까지 하운드가 남자인지 여자인지 또 어떤 목적 때문에 여행자를 사냥하고 있는지 밝혀진 것은 하나도 없었다.

그야말로 신출귀몰이었다.

"아직도 아무런 정보를 못 찾았다고?"

휘핑크림이 잔뜩 올라간 라떼를 마시던 스텐이 고개를 끄덕이며 말했다.

"그것 때문에 다들 멘붕이야. 나름 사람 찾는 일에는 전문가들인데, 도무지 흔적을 찾을 수 없으니까."

"흐음. 그보다 로드니는? 항상 같이 붙어 다니더니 오늘은 혼자네?"

스텐이 있는 곳에는 로드니가 있고 로드니가 있는 곳에는 늘 스텐이 있었다.

두 사람이 한 팀이었기 때문이다.

그런데 오늘 나를 찾아온 사람은 스텐 혼자뿐이었다.

스텐이 인상을 찌푸리며 소파 안쪽으로 몸을 기대었다.

"어제 TV에서 전주라는 곳의 막걸리 집을 보더니, 거길 꼭 가야 한다고 꼭두새벽부터 내려갔어. 한상집이라고 하던데, 혹시 그게 뭔지 알아?"

"……어."

당연히 뭔지는 알고 있다.

막걸리를 시킬 때마다 다양한 안주를 내주는 시스템의 술집이다.

하지만 외국인이 그걸 TV에서 보고 새벽부터 찾아갔다고 하니 차마 할 말이 없었다.

"아무튼 조사에 진전이 없어서 우리도 꽤 난감한 상황이야. 조직에서도 앞으로 한 달 이내에 성과가 없으면 복귀하라는 명령이 내려왔어."

"다른 곳은?"

"정보가 없는 건 그들도 마찬가지니 우리의 상황과 별반 다르진 않겠지."

"음."

저들이 하운드를 찾지 못하고 이대로 돌아가는 건 내게 그리 좋은 상황이 아니다.

마치 집 안에 지뢰가 묻어 있는데, 어디 있는지 찾지를 못하고 계속 불안한 마음으로 오가는 것과 같다고 할 수 있었다.

"스텐, 정말 아무런 힌트도 없는 거야? 십여 명이 넘는 여행자가 당했는데 작은 힌트도 없다는 게 말이 안 되잖아?"

공책에 이름을 써서 사람을 죽이는 만화에서도 힌트는 존재했다.

아니, 그 어떤 황당한 방법으로 죽이는 살인에도 흔적은 반드시 남기 마련이다.

스텐이 뜨끔한 표정으로 중얼거렸다.

"……아예 힌트가 없는 것은 아니야."

"뭔데?"

"그게…… 음……."

스텐이 슬며시 내 눈치를 보며 말을 아낀다.

하지만 이내 내가 노려보자 어색한 미소를 지으며 말했다.

"진정해. 이런 정보를 조직원이 아닌 사람에게 뿌려서는 안 되는 게 규정이라서 잠시 고민한 거니까. 아무튼 유일하게 있는 힌트는 하운드에게 당한 여행자들은 모두가 압도적인 실력에 의해 그렇게 됐다는 거야."

"압도적인 실력이라고?"

내 반문에 스텐이 고개를 끄덕였다.

"그래. 사실 1:1로 목숨을 걸고 싸우는 게 아니라면, 도망치지 못할 이유가 없잖아? 막말로 그냥 죽을 각오로 달리면 되는 건데."

맞는 말이었지만, 허점은 있었다.

"생각지도 못한 상황에서 기습을 당할 걸 수도 있지?"

"그럴 수도 있지. 하지만 하운드에게 당한 놈 중에서

나름 대단한 사람도 있었다고. 전부 아마추어만 당한 건
아니야."

"대단한 사람? 누구지?"

내 질문에 스텐이 입을 꽉 다물었다.

그리고는 조심스레 커피 잔을 향해 손을 뻗어 라떼를 마
시기 시작했다.

츠읍-

그 모습에 난 망설임 없이 기세를 일으켜 스킬을 발동했
다.

[스킬 패기가 발동합니다.]

〈패기〉

고유: Passive

등급: A+

설명: 어떤 어려운 일이라도 이겨 내는 강인하고 굳센 힘
과 정신입니다.

수많은 암살 위협과 불행에도 불구하고 포기하지 않고
주변과 스스로를 이겨 내어 끝내 왕좌에 오른 이산의 고유
특기입니다.

효과: 자신이 지닌 기운으로 상대를 일시적 무력화 상태에

빠트립니다. 기운의 차이에 따라서 무력화 상태의 차이가 달라집니다. 단, 자신보다 강한 기운과 의지를 지닌 상대에게는 통하지 않습니다.

"스으읍…… 컥!"

라떼를 들이키던 스텐이 숨이 막히자 얼굴이 금세 시뻘겋게 변했다.

서로 편하게 대화를 하고 있지만, 애당초 스텐을 비롯한 로드니는 나와 좋은 만남으로 시작된 관계가 아니었다.

지금은 서로 원하는 목적을 달성하기 위해 한시적으로 손을 잡았을 뿐이다.

"그, 그만……."

[스킬 패기를 해제합니다.]

패기를 거둬들이자 스텐이 급히 숨을 들이마셨다.

그 모습에 냉정한 어조로 말했다.

"우리가 한배를 타고 있다는 사실을 잊으면 곤란해. 그럼, 다시 묻지. 아까 말한 그 대단한 사람이 누구야?"

"……이름은 말해 줄 수 없지만, 미국 출신의 여행자야. 지금은 하운드에게 당해서 소멸자가 되었지만."

소멸자라는 단어를 듣는 순간 떠오르는 이름이 하나 있었다.

"제럴드 회장?"

"아, 알고 있었어?"

스텐이 깜짝 놀라 반문을 토했다.

하지만 오히려 당황스럽고 혼란스러운 건 바로 내 쪽이었다.

'이승우는 하운드를 허구의 인물로 판단하고 있었다. 그뿐만 아니라 제럴드 회장이 하운드에게 당했다는 것조차 부정적인 입장이었지.'

그가 했던 말이 머릿속에 떠올랐다.

[아무튼 그런 놈들이 눈에 불을 켜고 찾고 있는데 아무것도 안 나온단 말이야. 그래서 내 생각에는 말이지. 어쩌면, 그 하운드라는 놈 자체가 가상으로 만들어진 허구의 인물이 아닐까 하는 생각이 들어.]

그런데 정작 스텐은 제럴드 회장이 하운드에게 당했다고 말하고 있었다.

"스텐, 어째서 제럴드가 하운드에게 당했다고 생각하는 거지? 내가 알기로는 제럴드가 누구에게 당했는지는 밝혀지지 않았다고 하던데?"

"누구에게 당했는지 밝혀지지 않았다는 말, 혹시 누군가에게 들었는지 알려 줄 수 있어?"

대답을 하지 않고 도리어 질문을 하는 스텐의 태도에 패기를 사용할까 하다가 고개를 흔들었다.

매번 패기를 사용해서 강제로 답을 얻어 냈다가는 결국 마음속의 앙금이 깊어질 수밖에 없다.

진실과 거짓을 사용하면 거짓 정보에 당하지는 않겠지만, 그래도 예상 밖의 상황이란 늘 있기 마련이었다.

"이승우에게 들었다."

"무신? 무신 이승우를 만났어?"

깜짝 놀라는 스텐의 태도에 나는 고개를 끄덕였다.

"그가 그러더군. 제럴드가 누구에게 당했는지는 밝혀진 게 없다고 말이야. 하지만 스텐 너는 제럴드가 하운드에게 당한 것이라고 말했지. 그렇다면 분명 두 사람 중에 한 명은 거짓말을 하고 있다는 뜻이겠지."

데구르르-

눈동자가 굴러가는 소리가 들렸다면, 분명 스텐에게서는 이와 같은 소리가 흘러나왔을 것이다.

"……넌 누구의 말을 믿는데? 나야 아니면 이승우야? 같은 한국인이니까 당연히 이승우의 말을 믿겠지?"

"아니."

"......?"

"난 오로지 내 판단을 믿어. 그러니까 괜히 머리 쓰지 말고 제럴드가 어째서 하운드에게 당했는지 얘기해 주면 돼."

"으음......."

신음을 내뱉은 스텐이 망설이는 태도를 보였다.

그 모습을 보며 난 그에게 시간을 줬다.

잠시 후 스텐이 조심스레 말을 이어 나가기 시작했다.

"후우. 알려지지 않은 사실이지만 내 과거 추적은 사람의 과거 말고 다른 것도 확인이 가능해."

과거 추적.

스텐이 가진 여행자 스킬로 자신보다 정신력이 낮은 대상의 과거를 확인할 수 있는 스킬이다.

"혹시 사이코메트리라는 말 들어 봤어?"

"아!"

스텐이 말이 끝나는 순간 내 입에서 자연스레 탄성이 터졌다.

사이코메트리.

영화에서도 자주 등장하는 초능력이다.

시계나 사진, 가구, 전자제품 등 특정한 인물이 소유한 물건을 만짐으로써 그 소유자에 관한 정보를 알아내는 초능력이었다.

"내 과거 추적 능력에는 사이코메트리 능력도 있어. 덕분에 우연히 얻게 된 제럴드 회장의 물건을 통해 한 가지 장면을 볼 수 있었지."

잠시 뜸을 들이던 스텐이 마지막 한 모금 남은 라테를 들이켜며 말했다.

"……제럴드 회장이 하운드라고 외치며 놀라는 순간, 그의 심장에 칼이 꽂히는 장면을 말이야. 뭐, 칼을 꽂은 놈의 얼굴은 볼 수 없었지만."

"잠깐! 네 말이 사실이라면, 제럴드 회장은 하운드가 누구인지 알고 있었다는 말인데?"

"그렇겠지. 제럴드 회장이 여행자 중에서도 아주 특별한 능력을 지닌 사람이었다는 사실은 그쪽도 알고 있잖아?"

"……미래인가."

그렇다.

이승우의 얘기를 들어 보면, 철저하게 숨기고 있는 나 자신과는 다르게 제럴드 회장이 미래를 갈 수 있는 여행자라는 사실은 여행자들 사이에서 꽤 유명한 것 같았다.

스텐이 신중해진 눈빛으로 말한다.

"맞아. 제럴드 회장은 특이하게도 미래를 갈 수 있는 여행자였어. 그러니 그는 하운드의 얼굴을 어떻게든 알아냈겠지."

"그래서 하운드가 제럴드 회장을 노렸다?"

"그렇기도 하지만 능력이 탐이 났겠지. 놈도 여행자라면 과거는 갈 수 있을 텐데, 거기에 미래까지 자유롭게 갈 수 있다면 최고지 않겠어? 사실 나는 놈이 그 능력을 얻었다고 생각하고 있어. 그러니까 나를 비롯한 다른 여행자들의 추적을 전부 따돌릴 수 있는 거겠지."

일리 있는 말이었다.

더욱이 나 역시 과거와 미래를 오갈 수 있음에 따라서 선택의 폭이 훨씬 넓어졌다.

"정리해 보자면, 제럴드 회장은 미래에서 하운드를 봤고, 그것 때문이든 혹은 능력 때문에 하운드에게 살해당해 소멸자가 됐다. 그리고 스텐 너는 네 스킬을 이용해서 그 장면을 봤고?"

스텐이 고개를 끄덕였다.

이렇게 되면 앞뒤가 딱 맞는다.

하지만 이리 되면 한 가지 의문이 남는다.

어째서 이승우는 하운드가 범인이 아니라고 말하며, 그를 허구의 인물이라고 했을까?

단순히 정보가 없기 때문에 그런 판단을 내린 것일까?

'그게 아니라면……'

스텐을 완벽히 믿을 수는 없지만 그건 이승우도 마찬가

지였다.

슬그머니 마음속에서 의심이란 단어가 치솟아 올랐다.

"스텐."

"응?"

"이승우에 관해서 잘 알아?"

"음, 그냥 알려진 정도? 나랑은 접점이 없는 인물이니까."

그의 말이 당연했다.

그리고 그렇기 때문에 이승우 또한 스텐이 과거 추적 스킬을 가지고 있는 것은 알아도 거기에 사이코메트리 능력이 있는 것은 몰랐을 것이다.

그로 인해 어쩌면 기회가 생긴 것인지 모른다.

"그럼, 질문을 바꿔서 다시 할게. 혹시 여행자 중에서 정보를 파는 사람이 없을까? 이왕이면 이승우에 대한 정보를 많이 알고 있는 사람으로 말이야."

스텐의 눈매가 가늘어졌다.

그리고는 조심스레 말했다.

"그 말은 이승우를 조사해 보겠다는 말인가?"

대답을 하기보다는 고개를 끄덕였다.

'이승우 또한 제럴드 회장이 미래를 갈 수 있다는 능력을 알고 있었다. 그렇다면 과연 그는 그 능력을 탐내지

않았을까?'

한 번의 만남만으로 사람의 전부를 알지 못한다.

따라서 이승우라는 사람이 어떤 성격을 가지고 있는지를 정확히 알 수 없다.

어쩌면 그는 내가 생각하는 것과 달리 올곧은 사람일 수도 있다.

하지만 당연히 그와 반대의 성격을 가진 사람일 수도 있었다.

그것을 알아내기 위해 스텐에게 지금과 같은 부탁을 한 것이다.

"으음, 이승우라. 무신 이승우란 말이지……."

잠시 생각을 하는 듯 가늘어졌던 스텐의 눈매가 서서히 원상태로 돌아왔다.

"알고 있겠지만 무신에 관한 정보를 팔 만한 사람은 몇 없어. 자칫 정보를 팔았다는 소리가 이승우의 귀에 들어가면 어떤 꼴을 당할지 알 수 없으니까."

부정적인 답변이었다.

하지만 스텐을 다그치지 않았다.

그런 내 행동에 스텐의 입가에 슬며시 미소가 피어났다.

"하지만 아예 없다고는 할 수 없지."

예상한 답변이다.

애초에 방법이 없다면 스텐은 처음부터 확실히 선을 긋고 없다고 했을 것이다.

"그 정보 누구한테 얻을 수 있지?"

"······꽤 비쌀 텐데?"

찌릿- 찌릿-

눈빛을 받은 스텐이 어깨를 움츠리고는 재빨리 말했다.

"무신 이승우가 한국에서 가장 강한 인물이기는 하지만 신비로움으로 치자면 그에 비견되는 인물이 또 있지."

"그게 누구지?"

"마고, 마고 할배."

"마고 할배? 마고라면 분명······."

머릿속에 쌓여 있던 기억의 일부가 떠오른다.

마고는 민간 전설에 내려오는 선녀 혹은 신선으로 앉은 자리에서 세상 모든 것을 볼 수 있다는 신비로운 존재였다.

그런데 할매가 아니라 할배라고?

'하긴 진짜 신선은 말하는 게 아니라 비슷한 능력을 갖춘 사람을 말하는 거겠지.'

스텐이 말하는 마고 할배가 진짜 전설의 신선을 말하는 것은 아닐 것이다.

"음, 그 마고 할배라는 분을 찾으면 이승우에 대해 알 수 있다는 건가? 지금 어디에 있는데?"

"제주도의 한라산."

스텐은 별다른 고민 없이 위치를 말했다.

"제주도 한라산이라…… 근데 잠깐! 그런 뛰어난 능력을 갖춘 인물이라면 하운드를 찾는 데에도 도움이 됐을 텐데, 어째서 안 찾은 거야?"

"찾긴 찾았지."

내 질문에 스텐의 입가에 쓸쓸한 웃음이 걸렸다.

"그런데 만날 수는 없었어. 한라산 지역에는 일반인은 상관없지만 여행자는 들어갈 수 없는 결계가 이중 삼중으로 존재하거든. 그 결계는 무신 이승우라고 해도 뚫을 수 없을 정도로 강력하지. 그러니까 제주도를 간다고 해서 꼭 마고 할배를 만날 수 있다는 보장은 없어."

"뭐, 그거야 가 보면 알 일이고. 아무튼 정보 고마워."

스윽—

자리에서 일어서자 스텐 역시 급히 의자를 뒤로 빼며 일어섰다.

"잠깐!"

"……?"

"왜 하운드를 찾는 일에 그렇게 열심인 거야?"

"뭐?"

"아니, 그렇잖아. 직접적인 피해를 본 것도 아닌 것 같은데,

단지 하운드가 이 나라에 들어와 있다는 것만으로 이렇게까지 공을 들이고 있잖아. 그가 위험하기 때문인가?"

진실을 알지 못하는 스텐의 입장에서는 충분히 궁금해할 수 있다.

그러나 그 이유는 솔직히 말해 줄 수 없는 것이었다.

내가 잠시 뜸을 들이자 스텐이 양손을 들어 올리며 말했다.

"아! 물론 꼭 그 이유를 말해 달라는 건 아니야. 하지만 처음에 약속했듯이 하운드에 관한 정보를 알게 되거나 혹시 그를 찾게 된다면 나한테도 반드시 알려 줘야 해. 알았지?"

"약속은 반드시 지키니까 걱정할 것 없어."

확신 어린 목소리로 대답하자 스텐이 고개를 끄덕이며 손을 흔들었다.

"그거면 됐어. 그럼, 다음에 또 보자고."

그의 작별 인사를 뒤로하고 난 곧장 카페를 빠져나와 휴대폰을 꺼내 들었다.

"네, 접니다. 지금 제주도로 갈 수 있는 가장 빠른 항공기 준비 부탁드리겠습니다."

"흐음."

홀로 남은 스텐은 다시금 자리에 앉아 다리를 꼬며 생각에 잠겼다.

두 눈을 감고 있었기 때문에 지나가는 사람이 보면 혹시 잠든 것은 아닐까 하는 착각이 들 정도였다.

그러나 그게 아니라는 것을 반증하듯 스텐의 손가락은 일정 주기를 두고 끊임없이 테이블을 두드리고 있었다.

톡— 톡—

그렇게 얼마의 시간이 흘렀을까?

"이승우라…… 그 녀석이 수상하다고 생각하는 건가?"

대한민국 여행자를 논하면 빼놓고 말할 수 없는 인물.

어떤 여행자는 여행자들이 사는 세계를 이면 세계라고 말하고는 한다.

일반인들이 사는 현실과는 전혀 다른 세상이기 때문이다.

그의 말을 빌려 이면 세계라고 표현한다면, 이승우라는 여행자는 이면 세계에서 최강자 중 한 사람이라고 불리는 존재였다.

그렇기 때문에 외국에서 한국으로 들어온 여행자들 중 일부는 치우에게 자신들의 입국을 사전에 알렸다.

혹시라도 괜히 그들에게 책잡힐 일을 피하기 위해서였다.

물론 그렇지 않은 이들도 존재한다.

대표적인 예로 스텐과 로드니가 속한 레드 어스와 올림 포스가 있고 그 외에도 몇몇 곳이 더 있었다.

이들이 속한 집단은 그 덩치와 유례를 봤을 때 한국의 치우와 비교해도 떨어지는 곳이 아니었다.

하지만 그렇다고 해서 대놓고 시비를 거는 것은 당연히 금물이었다.

"혹시라도 그런 일은 없겠지만……."

머릿속에 떠오른 생각에 스텐이 호주머니에서 휴대폰을 꺼내 들어 번호를 눌렀다.

"마스터! 저 스텐입니다."

[알고 있어. 그나저나 이른 아침부터 무슨 일이야? 혹시 하운드를 찾았나?]

한국은 점심시간이 훨씬 지났지만, 시차로 인해 레드 어스의 마스터가 있는 곳은 아직 이른 새벽이었다.

"그런 건 아니고요. 한 가지 여쭤볼 일이 있어서 연락을 드렸습니다."

[뭔데?]

조심스러운 스텐과는 다르게 마스터의 목소리에는 잔뜩 날이 서 있었다.

보통 여행자는 초인적인 능력 때문에 며칠을 자지 않아도 피곤함을 느끼지 못한다.

그러나 레드 어스의 마스터는 피곤함보다는 단순히 자는 것을 즐기고 그것에서 행복을 느끼는 취미를 갖고 있었다.

"저기 그게 그러니까…… 혹시 한국에서 이승우랑 마찰이 생기게 되면 어떻게 합니까?"

[이승우? 무신 이승우? 젠장! 로드니 그 자식이 또 무슨 사고라도 쳤나?]

단번에 화가 머리끝까지 치솟은 목소리가 휴대폰 너머로 흘러나왔다.

[당장 로드니 그 자식 바꿔! 내가 그렇게 사고 치지 말라고 경고했는데! 빌어먹을 자식!]

"자, 잠깐만요, 마스터. 로드니는 아무런 사고도 치지 않았습니다."

[……그럼 혹시 스텐 네가?]

"당연히 저도 아닙니다."

[그럼 대체 뭐야? 새벽부터 전화해서 이승우는 왜 거론하는 건데?]

"……사고를 치고 어떻게 처리해야 할지 묻는 건 너무 늦으니까요. 그래서 미리 마스터께 여쭤보는 겁니다."

[…….]

휴대폰 너머로 말소리는 들려오지 않았다.

거친 숨소리만 들릴 뿐이다.

그렇게 잠시의 시간이 흐른 후 마스터의 목소리가 다시 스텐의 귀에 들어왔다.

[그래서 스텐, 네 녀석이 묻고자 하는 게 정확히 뭐냐?]

"한국의 치우, 아니 이승우와 마찰이 생기면 조직은 저희를 위해 힘써 주실 겁니까? 아니면 버릴 겁니까?"

같은 조직의 사람이니 당연히 힘을 보태 준다는 것은 단순히 1차원적인 생각이었다.

[스텐!]

"마스터, 아직은 아무런 문제도 없습니다. 그러니 솔직히 말해 주시기 바랍니다. 지금의 말씀으로 인해 한국에서 저와 로드니가 어떻게 행동할지가 결정됩니다."

[······더 큰 이득! 이승우와 싸우는 것보다 더 큰 이득이 있다고 하면, 내가 직접 레드 어스 전원은 물론 다른 동맹 조직을 이끌고 가는 한이 있더라도 너희를 돕겠다.]

최고의 답은 아니었다.

그러나 스텐이 우려했던 최악의 답도 아니었다.

적어도 차선은 되는 답변이었다.

'이제 남은 것은 한 가지만 확인하면 된다.'

가볍게 숨을 들이쉰 스텐이 전화를 한 진짜 목적을 말했다.

"하운드를 잡는 정도면 이승우와 마찰을 빚어도 되겠습니까?"

애초에 수많은 여행자들이 한국에 들어온 목적.

그건 바로 하운드였다.

시간이 흘러가며 스텐은 입술이 타는 것을 느꼈다.

이윽고 휴대폰 너머로 다시 마스터의 목소리가 흘러나왔다.

[⋯⋯단순히 정보를 얻는 정도로는 안 돼! 하지만 놈을 잡는 거라면, 이승우가 아니라 이승우 할아버지라고 해도 허락하겠다.]

기대했던 것보다 만족스러운 대답에 스텐이 주먹을 불끈 쥐었다.

"알겠습니다. 감사합니다. 마스터."

[감사는 무슨! 스텐, 너는 똑똑한 녀석이니까 어떤 것이 조직에게 이득이 되고 손해가 되는지 잘 알 거다. 다른 것 말고 그것만 신경 써. 그럼, 다음 전화는 좋은 소식 기대하마.]

뚝─

그렇게 전화가 끊기자 스텐이 참고 있던 한숨을 토해 내며 몸을 의자 깊숙이 기대었다.

"후우. 일단 이것으로 한 고비 넘겼다."

어떠한 일이든 상황이 벌어지고 대처하면 늦는다.

설령 그 사람이 중국 고사에 등장하는 와룡봉추나 한신, 장량과 같은 인물이라고 해도 말이다.

어찌 됐든 최선의 선택은 상황이 벌어지기 전에 대처할 방법, 쉽게 말해서 길을 열어 두는 것이다.

저벅- 저벅-

그렇게 스텐이 잠시 쉬고 있을 무렵, 때마침 테이블을 지나가는 직원의 발걸음 소리가 들렸다.

스텐이 재빨리 손을 들어 올렸다.

"아, 저기요! 여기 초코 라테 하나 부탁합니다. 휘핑크림 잔뜩 올려서요."

덧없이 친절하고 밝은 스텐의 미소에 직원이 걸음을 멈췄다.

그리고는 하얀 치아를 보이며 스텐과 마찬가지의 미소를 짓고 말했다.

"손님, 주문은 저기 보이시는 카운터로 가셔서 하시면 됩니다. 저희 카페는 셀프예요."

제주도 한라산.

한반도를 대표하는 산을 거론한다면, 늘 다섯 손가락 안에 드는 산이다.

그만큼 다양한 전설도 많고 토착민들에게는 신성시 되는 산이었다.

또한, 현재는 제주도를 찾는 관광객이라면 한 번은 찾아가야 할 명소로도 이름이 높았다.

"……이게 스텐이 말하던 그 결계인가?"

한라산 등반을 하기 위한 입구.

이미 시간은 오후이기 때문에 입구로 들어서는 관광객보다는 하산하는 사람들의 모습이 대부분이었다.

그리고 그런 사람들이 아무렇지도 않게 지나가는 푸른 장막.

관광객들이 신경을 쓰지 않는 것으로 봐서는 여행자인 내 눈에만 보이는 게 분명했다.

"일단은 한번 들어가 볼까?"

백문이 불여일견.

백번 듣는 것보다는 한 번 직접 보는 게 낫다.

푸른 장막이 있는 곳으로 걸음을 옮기자 힐끗거리는 관광객의 시선이 느껴졌다.

그 시선을 무시하고 슬그머니 오른손을 내밀었다.

[해당 지역에는 절대 결계(S)가 활성화되어 있습니다.]

[결계의 주인에게 허락받지 않은 존재는 입장할 수 없습니다.]

[강제로 입장할 경우, 신체 능력이 영구적으로 손상될 수 있습니다.]

한눈에 보기에도 그냥 넘기기에는 무시무시한 메시지들이 연이어 떠올랐다.

Chapter 165. 마고 할배

"S급이라고?"

다시 한 번 확인했지만 메시지의 절대 결계에는 무려 S
라는 등급이 붙어 있었다.

"장난 아니네."

현재 내가 보유한 스킬 중에서 제일 높은 등급은 패기였
다.

패기가 A등급인 만큼 S등급은 가볍게 넘길 수 있는 사안
이 아니었다.

더욱이 강제로 입장하면 신체 능력이 영구적으로 손상된
다는 메시지까지 떠올랐다.

신체 능력을 올리기 위해 소모되는 TP 포인트는 이제 어지간한 아이템의 가격보다 높았다.

그런 신체 능력이 최소 2~3 포인트 이상 떨어지면, 적어도 수천에서 수만 포인트를 다시 투자해야 복구가 가능했다.

"흐음."

자연스레 입술이 깨물어졌다.

이대로 무시하고 지나가기에는 메시지의 내용이 걸린다.

하지만 그렇다고 돌아가자니 머릿속에 계속 남아 있는 찝찝함을 해결할 길이 없었다.

차선이라도 있다면, 달리 생각했겠지만 지금은 차선도 없는 상황인 것이다.

"아!"

그러다가 문득 떠오른 생각.

지금 상황에서 아무런 방법이 없는 것은 아니었다.

타임 포켓을 향해 슬그머니 손을 뻗고 아이템 하나를 꺼냈다.

〈부두 술사의 목각 인형〉

종류: 소모성

횟수: 0/1

설명: 30일 동안 유지되는 부두 술사의 목각 인형을 소환합니다.

해당 목각 인형이 유지되는 동안 소환자에게 해를 끼치는 모든 효과는 목각 인형이 대신 받습니다.

사용 방법: 장소를 정하고 목각 인형 소환이라고 외치세요.

주의 사항: 해당 상품은 소모성으로, 한 번 사용하고 나면 30일 동안 유지됩니다.

목각 인형은 중복 소환할 수 없으며, 목각 인형이 감당할 수 없는 만큼의 피해를 한 번에 받을 경우 인형은 파괴되고 남은 피해는 소환자에게 적용됩니다.

수만 포인트를 소모해서 구입한 부두 술사의 목각 인형 아이템.

이건 내 여벌의 목숨이나 다름없었다.

목각 인형의 특징은 소환자에게 해를 끼치는 모든 효과를 인형이 대신 받는다는 점이다.

그렇다면 신체 능력이 손상되는 효과 역시 내가 아닌 목각 인형에게 적용될 확률이 높았다.

물론 이것 또한 어디까지나 가정이지만, 지금 상황에서 다른 방법이 없었다.

"후우."

가볍게 숨을 들이키고는 마음의 결정을 내렸다.

"부두 술사의 목각 인형을 소환한다."

[부두 술사의 목각 인형을 소환하시겠습니까? 한 번 소환한 인형은 다시 회수할 수 없습니다.

또한, 30일이 지나면 자동으로 소환이 해제됩니다. 정말로 부두 술사의 목각 인형을 소환하시겠습니까?]

비싼 가격의 아이템이기 때문일까?

평소와 다르게 경고창이 떠올랐다.

그러나 이미 결정했던 만큼 이 정도의 경고로는 내 마음을 돌릴 수 없었다.

"소환한다."

[부두 술사의 목각 인형이 소환되었습니다.]

[지금부터 소환자에게 적용되는 모든 해로운 효과가 부두 술사의 목각 인형에게 적용됩니다.]

[목각 인형의 소환 해제까지 남은 시간은 720시간입니다.]

소환이 끝나자 손등에 목각 인형처럼 생긴 작은 문신이 생겨났다.

이 문신이 존재하는 이상 모든 해로운 효과는 내게 적용되지 않을 것이다.

물론 목각 인형이 감당할 수 없을 정도의 피해 효과라면 얘기가 달라지겠지만 말이다.

"자, 그럼 가 볼까."

푸른 장막을 잠시 노려보고는 걸음을 옮겼다.

파지직!

순간 귓가에 스파크가 튀는 소리가 들리고 연이어 메시지 알림이 떠올랐다.

[절대 결계(S)가 활성화된 지역에 강제로 입장하셨습니다.]

[결계의 주인에게 허락받지 않았기 때문에 결계의 효과가 적용됩니다.]

[힘이 영구적으로 2 감소했습니다.]

[부두 술사의 목각 인형이 해당 효과를 대신 받습니다.]

[민첩이 영구적으로 1 감소했습니다.]

[부두 술사의 목각 인형이 해당 효과를 대신 받습니다.]

[지력이 영구적으로 3감소했습니다.]

[부두 술사의 목각 인형이 해당 효과를 대신 받습니다.]

신체 능력이 감소했다는 무시무시한 메시지도 잠시였다.

예상대로 그 모든 효과는 부두 술사의 목각 인형에게로 향했다.

"1차 관문은 무사히 통과했네."

어깨를 으쓱거리고는 재빨리 입구의 길을 따라 걸음을 옮겼다.

입장 제한 시간이 존재하지만, 평범한 관리인의 시선을 피하는 것은 내게 그리 어려운 일이 아니었다.

그렇게 부지런히 산을 올라갈 때쯤 이번에는 붉은 색의 장막이 눈에 들어왔다.

처음보다 더욱 음울하고 탐욕스러운 장막.

"……이게 두 번째 결계인가?"

확실히 첫 번째 결계보다는 위험해 보인다.

"그래도 조금 전 결계가 S급이었는데 설마 그것보다 높지는 않겠지?"

혹시 몰랐기 때문에 이번에도 조심스레 손을 내밀었다.

[욕심을 먹는 아귀 결계가 활성화되어 있습니다.]

[결계의 소유주에게 허락받지 않은 존재는 입장할 수 없습니다.]

[강제로 입장할 경우 영구적으로 보유한 포인트가 랜덤으로 차감됩니다.]

"포인트가 차감된다고?"

처음과 비슷하면서 다른 메시지가 눈앞에 떠올랐다.

등급이 떠오르지 않는 것으로 봐서는 스킬이 아닌 아이템을 활용해서 만든 결계인 것 같았다.

"가지가지 하시네."

현재 내가 보유한 포인트는 1만 포인트.

다음 여행을 위해서 남겨 둔 포인트였다.

다시 말해서 재수가 없을 이번 결계를 돌파하다가 1만 포인트 전부를 날릴 수도 있다는 말이었다.

"그래도 여기서 멈출 수는 없지."

이미 부두 술사의 목각 인형마저 사용한 마당에 포인트가 아까워서 포기할 수는 없었다.

파지직!

또 다시 붉은 장막을 무시하고 걸음을 옮기자 스파크가 피어올랐다.

[결계의 소유주에게 허락받지 않은 강제입장입니다.]
[욕심을 먹는 아귀 결계가 당신의 포인트를 탐닉합니다.]

[0포인트 차감되었습니다.]

[욕심을 먹는 아귀 결계가 뜻밖의 포인트에 당황스러워합니다.]

[부두 술사의 목각 인형이 해당 효과를 대신 받습니다.]

[부두 술사의 목각 인형은 보유 포인트가 존재하지 않기 때문에 해당 효과를 무효합니다.]

"응? 이런 효과도 대신 받을 수 있는 거였어?"

그야말로 의외의 수확이 아닐 수 없었다.

아니, 애초에 한라산에 펼쳐져 있는 결계를 뚫는 방법이 바로 이 목각 인형이었는지 모른다.

또한, 놀라운 점은 이뿐만이 아니었다.

"풍경이 바뀌었다."

지금까지 눈에 보이던 것은 등산로의 풍경이었다.

하지만 붉은 장막.

욕심을 먹는 아귀 결계를 돌파하자 등산로가 아닌 드넓은 초원이 나타났다.

그리고 그 초원에는 토끼를 비롯한 사슴과 새들이 자유롭게 휴식을 취하고 있었다.

뿐만 아니라 생전 처음 보는 나무에는 다양한 과일이 주렁주렁 달려 있었다.

마치 전설속의 신비경 혹은 도원경과 같은 모습이었다.

"쯧쯧! 못된 놈 같으니! 들어오지 말라고 막아 둔 것을 뭐가 볼 게 있다고 여기까지 왔느냐?"

잠시 주변의 모습에 정신이 팔려 있던 사이, 귓가에 걸걸한 목소리가 들려왔다.

목소리가 들려온 곳으로 시선을 돌리자 구부정한 자세로 허리를 굽히고 있는 할아버지의 모습이 보였다.

흔히 동네의 옆집에서 볼 수 있는 할아버지의 모습으로, 얼굴에는 주름이 자글자글한 반면 두 눈에는 사람을 꿰뚫어 볼 것 같은 정광이 가득했다.

본능적으로 이 사람이 스텐이 말하던 마고 할배임을 알 수 있다.

"마고 할배이십니까?"

"할배는 무슨! 그래 봐야 아직 90밖에 안 됐거늘."

"……."

"그나저나 너는 처음 보는 녀석인데, 참으로 신기한 놈이구나. 나이도 어린 녀석이 그리 많은 운명을 짊어지고 있다니."

"네?"

내 반문에 마고 할배가 혀를 찼다.

"모르고 있는 것이냐? 쯧쯧. 네놈은 여행자가 되지 않았으면 죽어도 골백번은 죽었을 것이다. 하나만으로 버거운 운명의 짐을 그리 짊어지고 있었으니 말이다."

뭔가 등골이 서늘한 말이 아닐 수 없었다.

"제 운명이 뭔가 특별합니까?"

"특별은 무슨. 지랄 맞은 거지. 아무튼 이곳까지는 왜 온 것이냐?"

궁금증이 잔뜩 치밀어 올랐지만, 혼란스러운 마음을 애써 가라앉히고 마음을 다잡았다.

"누군가에 대해 묻고 싶은 게 있습니다. 그 사람에 대해 물으려면 마고 할배를 찾아가라고 하더군요."

"우라질! 어떤 놈이 그딴 소리를!"

화를 토해 내며 마고 할배가 나를 노려봤다.

분명 겉으로 보기에는 지금 당장 쓰러져도 이상하지 않는 행색인데, 정작 눈빛을 받는 내 입장에서는 그 무게가 천근 혹은 만근과 같았다.

"어찌 됐든 나한테 질문을 하고 답을 들으려면 그 대답이 꽤 비싸다는 것은 알고 있겠지?"

"알고 있습니다."

이미 스텐에게 그에 관한 얘기는 들었다.

마고 할배의 입가에 미소가 걸렸다.

"좋아! 알고 있다고 하니 말을 하기는 편하겠네. 그럼, 일단 묻지. 누구에 관해서 묻고 싶은 건가?"

"이승우라고 아십니까?"

미소가 사라지는 것은 순식간이었다.

마고 할배가 굳은 표정으로 물었다.

"이승우? 설마 네가 말하는 사람이 치우의 이승우를 말하는 것이냐?"

"맞습니다. 그에 관한 질문도 대답해 주실 수 있으십니까?"

잠시 고민하던 마고 할배가 고개를 미약하게나마 끄덕였다.

"못 해 줄 건 없지. 대가만 맞는다면 말이야. 그래서 내가 대답을 해 주면 네놈은 내게 무엇을 줄 것이냐?"

"따로 원하시는 게 있으십니까? 가능한 것이라면 모두 내어 드리겠습니다."

"내가 무엇을 원할 줄 알고 그리 쉽게 말하는 것이냐? 네놈의 수명이라도 원한다면 내놓을 생각이더냐?"

"드리죠."

난 한 치의 망설임도 없이 대답했다.

미래를 보고 왔기 때문에 바꾸려 하고 있지만, 결과적으로 하운드를 해결하지 못하면 나는 죽는다.

그 죽음을 막기 위해서라도 나는 이곳에서 답을 들어야한다.

"표정을 보니 농담으로 하는 소리는 아닌 것 같구나. 좋다! 대답해 주는 조건으로 네놈의 수명 10년을 받아 가마. 거래를 하겠느냐?"

작지 않은 기간이지 다른 방법이 없었다.

"하겠습니다."

"좋다. 그럼 묻고자 하는 것이 무엇이더냐?"

숨을 한 번 깊게 들이마신 뒤 지금까지 날 괴롭혔던 생각을 하나로 정리하고 입을 열었다.

"이승우, 그가 하운드가 맞습니까?"

몇 초가 몇 분, 아니 몇 시간도 같았다.

두 눈은 오로지 마고 할배의 입에만 집중되었다.

과연 그의 입에서는 어떤 대답이 흘러나올까?

오랜만에 진한 긴장감이 전신을 휘감았다.

'만약 이승우가 하운드가 아니라면 처음부터 다시 시작해야 한다.'

처음부터 다시 시작해야 하는 만큼 꽤 오랜 시간이 걸릴 것이다.

하지만 그 방향이 오히려 내가 바라는 쪽이기도 했다.

적어도 그리되면 내가 생각하는 상황에서 최악은 아니기

때문이다.

그리고 이런 생각이 끝나 갈 때쯤, 마고 할배의 입술이 움직였다.

"흠. 하운드에 대한 얘기는 나도 들었지. 다른 여행자를 죽여서 보유한 스킬을 빼앗을 수 있다지?"

현재까지 밝혀진 하운드의 특징과 그대로 일치한 대답이었다.

"맞습니다."

"하지만 이 늙은이도 이승우가 하운드인지는 모르네."

"네?"

당황스러운 것도 잠시.

억장이 무너지는 대답이 아닐 수 없었다.

원하는 대답을 들을 수 없다면, 여기까지 온 것 자체가 무의미한 것이나 다름없다.

분노와 화가 치밀어 오를 찰나, 마고 할배가 말을 이었다.

"하지만 그자가 다른 사람을 죽이는 모습은 보이는군. 쯧쯧. 꽤 많은 이들이 당했어. 죽은 이들의 원한이 아주 대단해."

"사람을 죽여요? 그게 무슨 소리입니까?"

"쯧. 이 늙은이가 무슨 재주를 가진지도 모르고 찾아온 것이냐? 무슨 능력인지도 모르고 거래를 받아들이고?"

"……."

"쯧쯧. 뛰어난 능력은 아니지만 이 늙은이는 가진 스킬을 사용해서 특정 대상을 향한 원한을 볼 수 있다. 덕분에 이리 산속에 박혀 있어도 세상 돌아가는 사정을 훤히 알 수 있지."

말을 잇던 마고 할배가 갑자기 인상을 찌푸린다.

잠시 후 그의 이마에 땀 한 방울이 주르륵 흘러 내렸다.

"……끄응. 들켰구나."

"……?"

두 눈을 깜박이며 마고 할배를 쳐다봤다.

마고 할배가 이마의 땀을 닦으며 말했다.

"그놈이 내가 엿보는 것을 눈치 채고 강제로 내 스킬을 끊어 버렸다."

"그런 게 가능합니까?"

내가 당황해서 묻자 마고 할배가 퉁명스럽게 중얼거렸다.

"이 바닥에서 가능하고 불가능하고가 어디 있겠나? 애초에 우리가 사는 인생 자체가 말이 되지 않는 것을."

"……."

왠지 모르게 묻는 질문마다 번번이 막히는 기분이다.

"아무튼 그 이승우라는 녀석이 하운드인지는 모르겠구나. 다만 아까도 말했듯 녀석에게 이상할 정도로 많은 원한이 모여 있어. 시간이 좀 더 있었다면 그 원한이 무슨 원한인지를 알 수 있었겠지만, 놈이 이상한 낌새를 채고 경계하기 시작했으니 기회를 잡기는 쉽지 않을 거야."

마고 할배가 아쉬운 듯 중얼거렸다.

하지만 정작 아쉬운 것은 내 쪽이었다.

'정황을 보면 분명 이승우에게 뭔가 있는 것은 확실하다. 하지만 이것만으로는 그가 하운드라는 것을 확신할 수 없어.'

사람이 살면서 한두 번쯤은 누군가에게 원한을 살 수도 있다.

또 여행자는 한 사람의 삶이 아닌 다수의 정착자로서 살아왔으니, 그 원한이 더 많을 것이다.

특히 이승우 같은 베테랑이면 얼마나 많은 정착자의 경험을 가지고 있을지 상상할 수 없다.

답을 찾으려고 왔는데 오히려 머리만 더 복잡해진 꼴이다.

"그나저나 대답을 제대로 해 주지 못했으니, 거래는 없던 것으로 해야겠구나."

"정말입니까?"

"뭐, 따로 계약을 한 것도 아니지만 말이다. 흐흐."

"……."

능글맞기 짝이 없는 웃음.

정말이지 종잡을 수 없는 성격이라는 생각이 들 무렵, 마고 할배가 품속에서 뭔가를 꺼내 내밀었다.

스윽—

"이건 단도 아닙니까? 갑자기 이걸 왜?"

마고 할배가 내민 것은 청동으로 만들어진, 손바닥보다 작은 단도 한 자루였다.

마치 박물관에서 볼 것 같은 단도는 투박한 것은 물론 날조차 없었다.

마고 할배가 단도를 억지로 내 손에 쥐여 주며 말했다.

"여기까지 찾아온 선물이라고 생각하려무나. 머지않아 네게 꼭 필요할 때가 있을 것이다."

"이 상태로는 토끼도 못 잡을 것 같은데요?"

"흥! 살아 있는 것을 잡으라고 주는 것이 아니다. 이미 죽은 것을 잡으라고 주는 것이지."

"그건 또 무슨 소리십니까?"

연이은 질문에 마고 할배가 인상을 팍 쓰며 말했다.

"이놈아! 이유를 다 말해 주면 이 늙은이는 오늘 이 자리에서 혀를 물고 죽어야 한다. 이 늙은이가 네놈 앞에서 죽는 모습을 보고 싶은 것이냐?"

스킬의 제약이라도 있는 것일까?

그게 아니라면 다른 이유?

궁금한 것은 많았지만 묻더라도 말을 해 주지 않을 것 같았다.

마고 할배가 이내 웃음을 흘리며 말했다.

"흐흐. 그냥 언젠가 꼭 필요한 때가 있을 테니, 그런 줄 알고 항상 가지고 다녀라."

"하지만……."

"어른이 주면 냉큼 감사합니다 하고 받아야지! 무슨 말이 그리 많아!"

이대로 계속 말을 했다가는 본전도 못 찾을 판이었다.

일단 마고 할배의 뜻대로 청동 단검을 허리춤에 잘 갈무리했다.

손바닥보다 작고 날이 없었기 때문에 큰 무리는 없었다.

"오랜만에 힘을 썼더니 피곤하구나. 자, 그럼 이제 볼일이 끝난 것 같으니 가 보려무나. 난 좀 쉬어야겠으니."

"잠시만요. 아직 묻고 싶은 게……."

이상한 느낌에 재빨리 입을 열었지만, 그보다 마고 할배가 손을 휘두르는 게 더 빨랐다.

동시에 공간이 일그러지는 것 같더니 귓가로 스파크가 튀는 소리가 들렸다.

파직!

"……여긴 입구잖아?"

눈앞의 일렁거림과 귓가의 스파크 소리가 사라지며 시야에 들어온 것은 한라산 초입의 입구였다.

황당한 마음에 주변을 두리번거리고 있으니, 마침 관리소에서 나와 있던 나이 지긋한 관리인이 내게 걸어오며 말했다.

"혹시 입산하려고 오셨소? 인터넷으로 안 찾아보고 무작정 왔나 본데, 한라산은 입산 시간이 정해져 있어서 지금은 못 들어가요. 아쉽지만 내일 아침에 다시 와야 할 거요."

할 말을 끝낸 관리인은 다시금 관리소를 향해 걸어갔다.

"……."

그 뒷모습을 바라보다가 오른손으로 허리춤을 더듬거렸다.

"음."

차갑고 딱딱한 물건.

바로 마고 할배에게 건네받은 청동 단검이었다.

다시 말해서 지금 겪은 모든 일이 꿈은 아니라는 소리였다.

하지만 꿈이 아니라고 해서 혼란스럽지 않은 것은 아니었다.

"후우. 머리가 더 복잡해질 지경이네. 하지만 그래도 한 가지는 확실히 알았어."

그건 바로 적어도 순순히 믿어도 될 만큼 이승우가 착한 놈은 아니라는 사실이었다.

즉 그를 믿기보다는 경계하는 것이 내게는 옳은 일이었다.

"아무래도 스텐을 다시 만나서 치우와 이승우에 관해 좀 더 자세히 알아보는 게 좋겠네. 그리고 이 청동 단검이 뭔지도 조사해 보고 말이야."

시선을 내려 손에 들린 청동 단검을 자세히 살펴 볼 때였다.

우웅- 우웅-

휴대폰의 진동음에 발신인을 확인해 보니, 케빈에게서 걸려 온 전화였다.

[보스!]

"무슨 일이야?"

[주주총회가 잡혔어. 다음 주 월요일이고 최종적으로 우리 쪽 손을 들어 준 주식은 48.7%로 판단되고 있어.]

"KV 그룹 쪽은?"

[KV 그룹 쪽의 우호 주식은 46.8% 정도라고 보여지고 있어. 현재로는 어느 쪽이 확실하다고 할 수는 없을 것 같아.]

"48.7%와 46.8%라."

언론에서 흔들어 준 덕분에 예상보다는 많은 주식을 빠른 시일에 매입할 수 있었다.

물론 그게 가능했던 것은 샤크의 대표인 게일 베드로의 도움이 있었기 때문이다.

하지만 지금 보유한 주식만으로는 주주총회에서 기존 경영진의 해임을 강행하기에 어려움이 있었다.

'예상대로 황갑순 여사가 누구의 손을 들어 주느냐에 따라서 판이 갈리겠구나.'

황갑순 여사가 보유한 주식은 3.6%.

다시 말해서 그녀가 누구의 편을 드느냐에 따라서 이번 승부가 갈릴 것이다.

"케빈, 수고했어. 하지만 아직 모든 게 끝난 것은 아니니까 주주총회가 열리는 날까지는 최대한 주식을 확보할 수 있도록 부탁할게."

[오케이, 보스! 하지만 지금보다 크게 수치가 늘지 않을 테니까, 너무 기대하지는 말고. 아무튼 다음에 또 연락할게.]

케빈과의 연락을 끊고 잠시 생각을 하다가 박무봉에게 전화를 걸었다.

[네, 대표님.]

"박 팀장님, 그쪽 상황은 어떻습니까?"

황갑순 여사를 만나고 돌아가기 전, 난 곧장 박무봉에게 전화해 경호 인력을 파견할 것을 지시했다.

심지어 일의 중요함을 파악한 박무봉 또한 스스로 자청해서 강원도로 향한 상황이었다.

그 역시 지금이 어떤 상황인지 누구보다 잘 알고 있기 때문이었다.

[일단 이쪽은 아직까지 별다른 움직임은 없습니다. 다만……]

"다만?"

[하루 혹은 이틀을 주기로 수상쩍은 이들이 여사님의 저택을 살펴보고 가는 것이 확인됐습니다. 현재 정보팀을 동원해서 그들의 신상을 파악하는 중입니다.]

지금과 같은 타이밍에 사람들이 아무런 이유도 없이 황갑순 여사의 자택을 기웃거리지는 않을 것이다.

물증은 없어도 분명 KV 그룹 쪽에서 보낸 이들이 확신했다.

"케빈에게 들으니, 주주총회가 다음 주 월요일로 잡혔다고 합니다. 그때까지는 무슨 일이 있어도 여사님을 지켜야 합니다."

초인으로 거듭나며 몇 년에 걸쳐 준비했던 일이다.

만약 이번 계획이 실패한다면, 또 얼마나 많은 시간이 걸릴지 알 수 없다.

아니, 앞으로 내가 이 문제에 대해 집중적으로 신경 쓸 수 있을지도 모를 일이었다.

당장 이승우의 문제만 하더라도 내게는 쉽게 생각할 수 없는 일이었으니까 말이다.

[걱정하지 마십시오. 설령 전쟁이 일어나더라도 반드시 지키도록 하겠습니다. 물론 미사일 폭격이 떨어진다면, 저희로서도 어쩔 수 없겠지만요. 하하!]

박무봉이 평소와 다르게 웃음이 포함된 농담까지 건넸다.

그리고 그 농담은 어느 때보다도 내게 힘이 되었다.

"알겠습니다. 그럼, 수고스럽더라도 부탁드리겠습니다."

[네, 그럼 다시 연락드리겠습니다.]

박무봉과의 연락이 끝나고 숨을 몰아쉬었다.

"역시 나와 함께할 사람을 찾는 건 옳은 선택이었어."

만약 지금과 같은 상황에서 믿고 맡길 사람이 없었다면, 모든 일을 나 혼자서 처리해야 했을 것이다.

하지만 초인이라고 해도 결국 사람의 몸은 하나다.

시간은 한정되어 있으니, 빈틈과 허점이 생기는 것은 당연했다.

또 그런 식으로 한 번 무너지기 시작하면, 일이 풀 수 없을 정도로 꼬이는 것은 순식간이었다.

"KV 그룹은 내 사람들을 믿고 맡기자. 이제 내가 해야 할 것은 하운드의 정체를 확인하고 대비하는 것이야."

그러기 위해서는 무엇보다 이승우에 대해서 보다 자세히 파악을 할 필요가 있다.

그럼 이승우를 자세히 아는 사람은 과연 누구일까?

같은 여행자이자 내게 현재 도움을 주고 있는 스텐도 있겠지만, 그를 제외하고도 한 사람이 더 있었다.

머릿속에 한 사람의 얼굴이 떠올랐다.

단 한 번의 만남이었지만, 강렬했던 인상.

이승우보다 한발 앞서 내게 접촉한 사람.

그와 마찬가지로 대한민국 여행자 집단 치우의 일원.

바로 여행자 한유리였다.

Chapter 166. 호랑이의 콧털

한유리는 이승우와 같은 치우의 일원이다.

다시 말해서 이승우에 관한 사실을 말해 주지 않을 수도 있다.

그러나 내게는 그녀와 거래할 수 있는 카드가 있었다.

바로 그녀가 날 찾아왔던 목적.

[그래요. 세상의 멸망이 다가오고 있고! 그분께서 그 일을 막을 사람이 바로 당신이라고 했으니까요. 그런 게 아니면, 내가 왜 당신 같은 사람을 왜 찾아왔겠어요?]

머릿속에 한유리가 했던 말이 떠올랐다.

만약 내가 세상의 멸망을 막는 일에 적극 협조하겠다는 조건으로 이승우에 관한 정보를 요구한다면, 한유리는 어떤 선택을 할까?

모르긴 몰라도 무작정 거절하지는 못할 것이다.

"충분히 해 볼 만한 시도일 수 있어."

문제는 당시 한유리와 연락할 수단을 마련하지 못했다는 것이다.

하지만 이 또한 방법이 없는 것은 아니다.

"포인트가 아깝긴 하지만 써야 될 때는 써야겠지."

눈빛을 빛내며 M.G 게시판을 생성했다.

그리고는 곧장 게시판에 치우 소속의 한유리를 만나고 싶다는 글을 남겼다.

강원도 속초.

들리는 것이라고는 갈매기 소리만이 가득하던 이곳에 이른 새벽부터 십여 대가 넘는 검은 봉고차가 줄지어 들어오기 시작했다.

가장 선두에 위치한 은빛 고급 세단에는 KV 그룹의 미래전략기획실 소속 차선영 과장이 타고 있었다.

마동수 실장은 미래 전략기획실 소속 직원들에게 미래를 대비하라고 했다.

이는 그룹이 잘못된 경우를 대비하라는 말이었다.

그러나 차선영 과장은 기어이 그룹이 겪고 있는 위기를 넘길 방안을 받아 내어 강원도 속초로 향했다.

그룹의 위기를 넘길 방안.

그건 바로 주식의 신이라고 불리는 황갑순 여사의 지분 3.6%를 확보하는 것이다.

그러기 위해서 차선영 과장은 바로 옆에 있는 사내와 손을 잡았다.

"아이고. 마을 한번 조용합니다. 확실히 서울이랑 다르긴 다르네."

창문 밖을 바라보던 사내가 히죽 웃으며 말했다.

그러자 사내의 입꼬리부터 눈썹까지 길게 나 있는 흉터가 꿈틀거렸다.

사내의 이름은 정두식.

일반인들에게는 그저 평범하기 짝이 없는 이름이다.

그러나 정두식이란 이름 앞에 조직의 이름과 하나의 별명이 붙으면 달라진다.

일룡회 회장 쌍칼 정두식.

그의 이름 앞에 붙은 수식어는 고작 세 단어에 불과했만, 음지에서 활동하는 이들에게는 어마어마한 무게를 갖는 이름이었다.

불과 30살의 나이에 강남과 강북을 통일하고 이를 바탕으로 그 세력을 경기도와 충청도까지 넓힌 전국구 최대의 조폭.

그가 바로 쌍칼 정두식이었다.

"정 사장님. 앞서 말씀드렸지만, 이번 일은 절대 실패해서는 안 됩니다. 무슨 일이 있더라도 황갑순 여사가 보유한 주식을 확보해야 합니다."

차선영 과장이 잔뜩 힘이 들어간 목소리로 말했다.

그러나 정작 정두식은 피식 웃음을 흘렸다.

"알고 있습니다. 그러니까 밑에 동생들을 시키지 않고 내가 직접 온 게 아니겠습니까? 이 정두식이 직접 말입니다."

"……그건 감사하게 생각하고 있습니다."

차선영 과장이 고개를 작게 숙였다.

비록 그녀가 음지의 생리에 관해서는 잘 모르지만, 정두식이라는 사내가 어떤 사람인지는 잘 알고 있었다.

그룹의 사활이 걸린 일인 만큼 차선영 과장으로서도 충분한 조사를 한 것이다.

조사 결과는 놀라웠다.

정두식은 조폭이었지만 그 위세는 어지간한 정치인 혹은 재벌가의 회장들보다 뛰어났다.

사업 수단 역시 매우 뛰어나서 입이 떡 벌어질 만큼의 엄청난 재산들을 국내 사법기관의 힘이 닿지 않는 해외에 은닉시켜 둔 상태였다.

자본주의 사회에서 자본은 곧 힘 그 자체였다.

또한 마동수 실장은 정두식을 가리켜서 이렇게 말했다.

[정두식. 참으로 대단한 녀석이지. 지금은 음지에서 왕으로 군림하고 있지만, 애초에 그놈은 다른 쪽으로 나섰어도 꼭대기에 올라섰을 거야. 참고로 그 녀석도 우리 대학교 출신이야. 입학은 하지 않았지만 말이지.]

마동수 실장의 설명에 차선영 과장은 놀랄 수밖에 없었다.

과연 누가 상상이나 했겠는가?

음지에서 왕 노릇을 하고 있는 조폭이 세계 최고의 명문이라고 불리는 하버드에 입학할 뻔했던 과거가 있을 것이라는 사실이 말이다.

"아무튼 그 노인네 말입니다."

"황갑순 여사 말입니까?"

차선영 과장의 반문에 정두식이 고개를 끄덕였다.

"알아보니 꽤 재미난 삶을 살아오셨던데, 그에 관한 대비는 했습니까? 이래저래 발이 넓을 게 분명할 텐데 말입니다."

"경찰과 검찰 쪽은 저희가 미리 손을 썼습니다. 일이 끝나기 전에는 그 어떤 쪽도 움직이지 않을 겁니다. 동네의 지구대 정도는 움직일 수 있겠지만, 그 정도는 저희 선에서 해결이 가능하고요."

현재 상황이 어렵기는 하지만, 아직 그룹이 망한 것은 아니었다.

시골에 있는 마을이 공권력으로부터 잠시 동안 외면받게 만드는 것쯤은 지금으로서도 충분히 가능한 일이었다.

"오우~ 철저하시네. 마음에 듭니다."

"이번 일이 그만큼 중요하기 때문입니다."

"하하! 걱정 마세요. 돈 받은 만큼 깔끔하게 처리해 드릴 테니까."

정두식이 만족스러운 듯 웃었다.

그의 입장에서 경찰이나 검찰이 두려운 것은 아니지만 귀찮은 것은 분명한 사실이었다.

끼익—

미끄러지듯 세단이 멈춰 서자 운전석에 앉아 있던 사내가 고개를 돌렸다.

그는 정두식의 오른팔로 황소라고 불리는 심용만이었다.

"형님, 도착했습니다."

정두식이 몸을 바로하며 말했다.

"그래? 애들한테 미리 전달한 대로 움직이라고 해라. 어차피 목표는 그 노인네 한 명이니까, 괜히 일 크게 만들지 말라고 하고. 일이 끝나는 대로 바로 철수해서 서울로 돌아간다."

"알겠습니다."

그렇게 심용만이 먼저 차에서 내리자 정두식이 시선을 돌려 차선영 과장을 쳐다봤다.

"자, 그럼 우리도 천천히 걸어서 가 봅시다. 아가씨가 보기에 별로 보기 좋은 모습은 아닐 수 있지만, 그래도 이건 어디까지나 일이니까 말입니다."

"……"

그렇게 정두식을 따라 차에서 내린 차선영 과장의 코끝으로 바람을 타고 날아온 바닷가 특유의 짠 냄새가 스며들었다.

하지만 그녀는 몰랐다.

곧 이 바닷가 냄새에 짙은 피 냄새가 섞이게 될 것이라는 사실을 말이다.

치직!

[여기는 독수리. 쥐새끼들이 접근 중이다.]

[숫자는?]

[현재 파악한 숫자로는 50명이다.]

[알겠다. 지금부터 1급 경호 모드로 돌입한다. VIP에게 접근하는 모든 쥐새끼들을 박멸하도록.]

[라져!]

테이블 위에 놓여 있는 무전기에서 흘러나오는 목소리에 박무봉이 인상을 찌푸렸다.

"여사님, 아무래도 불청객들이 찾아온 것 같습니다."

"서울에서 온 사람들인가?"

맞은편에 앉아 커피를 마시고 있던 황갑순 여사가 눈살을 찌푸렸다.

"그럴 확률이 높습니다."

"세월이 아무리 흘러도 있는 놈들의 행동은 바뀌는 게 없구만. 서울에서 왔다면 단단히 준비를 했을 거고, 그럼 숫자가 제법 많을 텐데 괜찮겠나?"

황갑순 여사의 걱정 어린 목소리에 박무봉의 찌푸린 얼굴이 펴지며 그 자리에 미소가 자리 잡았다,

"걱정은 저희가 아니라 여사님을 찾아온 놈들이 해야 할 겁니다."

"응?"

"놈들은 오늘 지옥을 겪게 될 테니까요."

박무봉의 얘기는 빈말이 아니었다.

그가 세운 경호 회사 든솔의 인력은 대한민국, 아니 세계 어디에 내어놓아도 빠지지 않는 최정예들이었다.

단순히 특전사 출신이라는 것만으로는 든솔에서 명함도 내밀지 못했다.

단도 한 자루만 들려 줘도 사람 하나 없는 해외의 정글이나 밀림에서 살아 돌아올 수 있는 능력자들.

거기에 막대한 자본을 바탕으로 최첨단 신무기까지 보유한 상황이었다.

애초에 이 싸움은 결과가 정해져 있다 해도 과언이 아니었다.

"으아악!"

아니나 다를까?

귓가에 들리는 비명 소리를 들으며, 박무봉이 입가의 미소를 지우고 조금 전 내려놓았던 커피 잔을 다시 잡았다.

일룡회의 행동대장 기현세는 눈앞에서 벌어지는 지금의
상황이 도통 이해되지 않았다.

충청남도 예산 출신으로 소싯적 씨름을 했던 그는 힘 하
나만큼은 자신이 있었다.

무슨 운동을 하고 어디 가서 싸움 좀 했다는 놈들도 그가
뺨을 후려치면, 대부분 피를 토하고 쓰러지는 게 일상이었
다.

그런데 딱 보기에도 비리비리하고 머리통도 두어 개는
작은 놈이 자신의 손목을 잡고서는 한숨을 내쉬고 있었다.

"후우. 이거 이놈 무슨 힘이 이리 약해? 순 물살이잖아?"

힘이 약하다고?

기현세 입장에서는 태어나서 정말 처음으로 듣는 소리였
다.

그렇기 때문에 그 어느 때보다 화가 치밀어 올랐다.

"이, 이 새끼가! 너 내가 누군지 알아? 내가 바로 일룡회
행동대장 기현세야!"

이를 악문 기현세가 호기롭게 외치며 사내에게 잡힌 손
을 빼내기 위해 힘을 잔뜩 주었다.

"으으."

그러나 아무리 힘을 줘도 잡힌 손은 꿈쩍도 하지 않았다.

사내가 혀를 차며 말했다.

"쯧쯧. 요즘 조폭들은 사료 먹으면서 덩치를 키운다고 하던데, 그래서 이렇게 힘이 없나? 십 년 전만 해도 이 정도는 아니었던 것 같은데."

"이, 이 새끼……."

"말하는 모양새 하고는. 야! 깍두기. 형이 너보다 최소 열 살은 더 먹었으니까 입 찢어 버리기 전에 존댓말해라."

사내가 눈을 부라리며 으르렁거렸다.

순간 기현세는 흡사 호랑이 앞에 선 강아지 같은 기분을 느꼈다.

치직!

[여기는 불독. B 구역 정리 완료됐습니다.]

B 구역이 완료됐다는 소리에 기현세의 손목을 잡고 있던 사내가 이상을 찌푸렸다.

"아차차. 이러다가 또 꼴찌 하겠네. 어이, 깍두기!"

"……?"

"좀 아플 거다."

기현세가 그게 무슨 소리냐고 되물으려던 찰나였다.

사내가 품에서 무전기와 비슷하게 생긴 직사각형 모양의 물체를 꺼냈다.

파지직!

동시에 파란 불꽃을 뿜어내는 물체.

사내가 꺼낸 것은 바로 고성능의 전기 충격기였다.

놀란 기현세가 급히 몸을 빼내려고 했지만, 그보다 사내의 행동이 빨랐다.

"이 개새…… 크라라라라!"

전기 충격기에 적중당한 기현세가 경련을 일으키며 발작하더니, 이내 그의 입에서 사람의 것이라고는 어려운 괴성이 토해져 나왔다.

털썩–

이윽고 사내가 전기 충격기를 치우자 정신을 잃은 기현세가 그대로 기절하며 자리에 쓰러졌다.

그 모습을 보며 사내가 어깨를 으쓱거렸다.

"세상 참 좋아졌다니까. 옛날이었으면 팔이나 다리는 부러트리고 시작했어야 했는데. 이렇게 깔끔하게 기절시킬 수 있으니 얼마나 좋아."

기절한 기현세가 들었다면 입에 거품을 물고 따졌겠지만, 기절한 그가 할 수 있는 일은 아무것도 없었다.

툭–

바닥에 쓰러진 기현세를 발로 밀어낸 뒤 사내가 무전기를 입으로 가져가며 말했다.

[여기는 고릴라. D 구역 정리 완료.]

❁ ❖ ❁

든솔의 파견 인력은 8명.

이 중 3명은 비전투 인원으로 정보 수집 및 경호 지원에
특화되었다.

따라서 실질적으로 일룡회를 상대하는 든솔의 경호 인력
은 5명이었다.

산수적인 계산을 하자면, 혼자서 8명 이상을 상대해야
하는 것이다.

UFC에서 활약하는 프로 선수들이 방송에 나올 때 패널
들이 가장 많이 물어보는 것이 바로 몇 명까지 싸워서 이길
수 있느냐는 것이다.

이 질문에 프로 선수들은 아무리 뛰어난 무술가나 운동
선수도 다수의 상대와 시비가 붙으면 도망가는 것이 현명
하다고 대답한다.

하지만 그들의 대답에는 숨겨진 속사정이 한 가지 존재
한다.

그건 바로 법이다.

무술가, 흔히 말하는 유단자나 격투기 프로 선수들이

일반인에게 폭력을 행사할 경우 가중 처벌을 받게 된다.

또 프로 선수 같은 경우에는 라이센스를 박탈당할 수가 있다.

라이센스 박탈이란 처벌은 평생 운동만 해 온 그들 입장에서는 사형선고와 다름없는 것이다.

그러니 방송에 나온 그들은 다수 혹은 개인과 시비가 붙었을 경우 도망가는 것이 가장 현명하다고 대답하는 것이다.

하지만 만약 법으로 처벌받지 않고 아무런 문제가 되지 않는다면, 그들의 대답과 선택 또한 달라질 것이다.

"끄아악!"

"으아악!"

"크아악!"

곳곳에서 들리는 다수의 비명 소리.

그 비명 소리에 인상을 찌푸리고 큰소리를 할 법도 하지만, 황갑순 여사의 표정은 평온하기 짝이 없었다.

그녀가 주식의 신이라고 불린 지 수십 년.

짧지 않은 세월 동안 다사다난한 일이 있었고 개중에는 그녀의 실력을 탐내서 온갖 비열한 방법을 쓰던 사람들도 존재했다.

그런 그녀에게 있어 조폭들이 우르르 몰려와서 난리를

피우는 일은 사건 축에도 못 드는 상황이었다.

오히려 이 상황이 꽤나 유쾌한 듯 입가에는 은은한 미소
까지 걸려 있었다.

[여기는 독수리. A 구역 정리 완료됐습니다.]

[여기는 치타. E 구역 정리 완료됐습니다.]

[여기는 늑대. C 역 정리 완료됐습니다.]

.

.

.

.

[전 구역 정리 완료됐습니다.]

이윽고 무전기를 통해 모든 구역이 정리되었다는 보고가
들어왔다.

스윽–

박무봉이 앉은 자리에서 몸을 일으켰다.

"여사님, 잠시 실례하겠습니다."

"그러게. 참! 이 늙은이를 찾아온 무리의 우두머리는 이
리로 데려와 주겠나?"

"네?"

박무봉이 반문하자 황갑순 여사가 웃으며 말했다.

"이 늙은이가 해 줄 말이 있어서 그렇다네. 그리고 그 편이 앞으로도 깔끔할 테니까."

"알겠습니다."

본래대로면 피해자와 가해자를 만나게 하는 것은 경호의 법칙에서도 허락해서는 안 되는 일이다.

그러나 황갑순 여사의 눈빛을 보면, 크게 걱정할 필요는 없을 것 같았다.

고개를 살짝 숙인 뒤 박무봉이 마당 너머로 걸음을 옮겼다.

끼익-

대문이 열리자 대기하고 있던 사람들의 모습이 보였다.

"대표님, 오셨습니까?"

박무봉이 향하자 대기 중이던 든솔의 경호원들이 맞아 줬다.

고개를 끄덕인 박부몽이 그들의 뒤쪽을 쳐다봤다.

그곳에는 수십 명이 넘는 검은 정장의 사내들이 무릎을 꿇고 있었다.

겉보기에는 크게 다친 것 같아 보이지 않았지만, 자세히 보면 그들 중 일부는 얼굴에 푸른 멍이 들어 있었다.

"다친 사람은 없지?"

"당연합니다."

"그래서 놈들 중 누가 머리야?"

"그게······."

박무봉의 질문에 든솔의 직원이 막 입을 열려던 찰나였다.

"이런 시팔! 지금 이게 무슨 상황이야!"

당황함과 분노, 황당함이 깃든 목소리가 장내에 울려 퍼졌다.

그리고 그곳에는 악귀처럼 표정을 일그러뜨린 일룡회 회장 정두식과 차선영 과장이 서 있었다.

"말하지 않아도 알겠네. 머리는 저기 있는 저 녀석이군."

박무봉이 가라앉은 눈빛으로 정두식과 차선영 과장을 훑어봤다.

"이 멍청한 놈들."

반면 정두식은 당장 눈빛만으로도 사람을 죽일 기세였다.

그의 목소리에 무릎을 꿇고 앉은 조직원들이 몸을 움찔거렸지만, 일어나는 사람은 없었다.

비록 짧은 시간이었지만, 든솔의 경호원들에게 당한 고통이 아직 몸에 남아 있기 때문이었다.

"어쭈? 이 새끼들이 당장 안 일어나!"

자신을 보고도 아직 무릎을 꿇고 있는 조직원들의 모습에 당황한 정두식이 다시 한 번 목소리를 높였다.

하지만 그걸 그대로 지켜보고 있을 박무봉이 아니었다.

"어이, 깍두기."

"뭐? 깍두기?"

"깍두기가 마음에 안 들면 조폭이라고 불러 줄까?"

"씹어 죽일 놈의 새끼가."

정두식이 박무봉을 노려봤다.

그의 근간이 조폭이라는 사실은 분명하다.

하지만 그가 일룡회 회장의 자리에 오르고 주변의 그 누구도 그를 가리켜서 깍두기, 혹은 조폭이라고 부르는 사람은 없었다.

정치인 혹은 잘나가는 기업인들도 모두 사장 혹은 회장님이라는 존칭을 썼다.

그에게는 그럴 만한 힘이 있기 때문이었다.

박무봉이 피식 웃으며 말했다.

"본래라면 조폭 놈의 새끼가 뭘 빼앗을 게 있어서 이런 곳까지 왔느냐고 물었겠지만, 말을 빙빙 돌릴 필요는 없겠지. 너희들 KV 그룹에서 보냈지? 황 여사님이 보유한 주식의 위임장을 받으려고 말이야."

"······."

정확한 지적에 순간 정두식은 할 말을 잃었다.

하지만 그건 아주 찰나에 불과했다.

"……경찰과 검찰은 손을 썼다고 했지?"

정두식에 물음에 미처 지금의 상황을 제대로 파악하지 못했던 차선영 과장이 눈을 깜박거렸다.

"네? 아, 네."

고개를 끄덕인 정두식이 허리춤으로 손을 가져갔다.

스르릉—

그리고 이내 날카로운 쇠붙이 소리가 들리더니 그의 손에 한 자루의 사시미가 들렸다.

"저, 정 사장님?"

당황한 차선영 과장이 재빨리 그를 불렀지만 정두식은 아무런 말없이 앞으로 걸어 나갔다.

저벅— 저벅—

정두식이 걸음을 옮길 때마다 무릎을 꿇고 있던 그의 조직원들이 우르르 밀려나며, 길을 만들어 줬다.

'저놈을 잡지 못하면 이 상황을 뒤집을 수가 없다.'

한편 겉으로 분노를 토해 낸 것과 다르게, 정두식의 머리는 그 어느 때보다 차갑고 냉철하게 상황을 살피고 있었다.

수십 명이 넘는 자신의 조직원들이 30분도 되지 않아서 모두 제압당했다.

더욱이 여유 있는 상대의 모습을 보면, 이런 일이 벌어질 것이라는 것을 사전에 알고 있었던 게 분명했다.

모든 상황이 그에게 불리했다.

이성적으로 생각한다면 지금 여기서 물러나는 게 맞았다.

그러나 그가 몸담은 세계는 일반 기업과는 다르게 이성적으로만 굴릴 수 있는 체계를 가진 곳이 아니었다.

'조폭은 가오가 떨어지면 끝이다.'

당당하게 싸우다가 무릎이 꿇리면 그래도 대접은 받는다.

그러나 지레 겁을 먹고 도망치면, 개나 소나 물어뜯으려고 덤벼든다.

그때가 되면 어디 가서 조폭이라는 명함도 내밀지 못한다.

'그리고 아직 상황이 끝난 것은 아니야.'

정두식이 박무봉을 쳐다봤다.

한눈에 봐도 그가 머리라는 것을 알 수 있다.

만약 자신이 머리를 잡는다면, 사기가 떨어진 조직원들은 다시 자신감을 찾을 것이다.

그때를 맞춰 일제히 달려들면 지금의 상황을 단번에 반전시킬 수 있다.

아직 게임이 끝난 것은 아니었다.

턱―

박무봉의 앞으로 걸어온 정두식이 칼을 들어 올렸다.

잘 벼려진 칼날이 햇빛을 받고 반짝거렸다.

"일룡회 회장 정두식이다."

손속을 겨루기 전에 그의 입장에서는 자신의 존재를 부각시킨 것이다.

상대가 부담스러워하면 할수록 그에게는 오히려 이득이었다.

하지만 박무봉은 오히려 그런 그의 모습에 싸늘하게 웃었다.

"깍두기 새끼가 영화를 너무 봤네. 지금 상황에서 네가 그렇게 나오면 내가 예의라도 갖출 줄 알았냐? 착각하지 마라. 네가 무슨 말을 지껄여도 넌 나한테는 그냥 깍두기야."

파직!

순간 정두식은 자신의 이성을 잡고 있던 선 하나가 끊어짐을 느꼈다.

"이 개새끼야!"

탁!

동시에 한 발을 앞으로 내딛은 정두식이 그대로 칼을 휘두르며 박무봉에게로 달려들었다.

그 모습에 박무봉의 두 눈이 가늘어졌다.

'깍두기치고는 확실히 솜씨는 있네. 하지만 그게 전부 야.'

불현듯 머릿속에 한 사람의 얼굴이 떠올랐다.

대단하다는 단어는 그에게나 어울리는 말이었다.

"그럼, 한번 어울려 볼까?"

날카롭게 찌르고 들어오는 정두식의 동작은 크지도 않고 깔끔했다.

어지간히 운동을 하고 무술을 배운 사람이라면, 지금의 일격에 큰 피해를 입었을 것이다.

하지만 박무봉은 어지간히 운동을 한 사람이 아니었다.

손가락 하나만으로도 사람을 죽일 수 있다는 살인병기가 바로 그였다.

날고 기는 사람들이 모인 든솔에서도 박무봉의 과거 활 약은 전설로 통했다.

슥— 슥—

가볍게 고개를 흔드는 것만으로 박무봉이 정두식의 칼을 피해 냈다.

"이, 이 새끼가!"

당황한 정두식이 연이어 칼을 휘둘렀지만, 그때마다 박 무봉은 가볍게 몸을 움직이는 것만으로 공격을 피해 냈다.

마치 그가 어디를 공격할 것인지 훤히 알고 있는 눈초리였다.

그러다 보니 자연스레 정두식의 공격에는 과도하게 힘이 실리고 점점 동작이 커지기 시작했다.

민첩함과 날카로움이 떨어지기 시작한 것이다.

빠득-

이를 악문 정두식이 다시금 박무봉의 가슴을 노리고 칼을 찔러 넣었다.

평범한 공격에 박무봉이 허리를 비틀어 칼을 피하려는 찰나였다.

슥-

정두식의 왼손이 허리춤으로 향하더니, 빛이 반짝거렸다.

촤악!

그야말로 찰나의 순간이었다.

정두식의 왼손에 들린 뭔가가 박무봉의 옆구리를 훑고 지나갔다.

"……."

박무봉이 고개를 숙여 자신의 허리춤을 살피니, 입고 있던 와이셔츠가 찢겨져 있었다.

다시 고개를 올려 바라본 정두식의 왼손에는 어느 틈에

한 자루의 칼이 더 들려 있었다.

"쌍칼이라. 양손잡이인 줄은 몰랐네. 아! 그리고 방금 전의 공격은 제법이었어."

"어, 어떻게 피했지?"

박무봉은 태연하게 말했지만, 정두식은 아니었다.

쌍칼인 그가 처음부터 한 자루의 칼만 사용한 것은 지금의 상황을 염두에 두고 세운 계획이었다.

상대가 하나의 칼에 익숙해졌을 때 다른 한 자루의 칼을 더 꺼내 공격하면, 갑작스러운 변칙 공격에 상대방은 당황해하며 빈틈이 생길 수밖에 없다.

정두식은 지금까지 이러한 수법으로 음지에서 활약하는 수많은 강자들을 꺾어 왔다.

아니, 최소한 치명상에 가까운 상처는 반드시 만들었다.

그런데 그런 공격이 처음으로 실패한 것이다.

찢긴 와이셔츠를 다시 한 번 살펴본 박무봉이 입가에 드리워졌던 미소를 지우며 말했다.

"이제 보여 줄 건 다 끝난 것 같은데. 그럼, 끝을 낼까?"

여유롭기 짝이 없는 태도.

그게 정두식의 남은 자존심을 건드렸다.

"닥쳐! 나 쌍칼 정두식이야!"

몸을 숙인 정두식이 다시 한 번 박무봉을 향해 달려들었
다.

Chapter 167. 주주총회

 탓!

 튀어나온 것은 정두식이 빨랐지만, 목표물에 도착한 것
은 그가 먼저가 아니었다.

 "느려."

 가볍게 발을 구르며 앞으로 튀어 나간 박무봉이 주먹을
말아 쥐고 그대로 정두식의 복부에 찔러 넣었다.

 퍽!

 간단하기 짝이 없는 동작.

 너무나 깔끔해서 보는 사람은 오히려 허무할 정도의 움
직임이었다.

하지만 그 자연스러운 단 한 번의 동작에 정두식의 허리
는 새우처럼 꺾이고 입이 벌어졌다.

주르륵-

벌어진 입에서 흘러내리는 침.

그렇게 서울은 물론 전국이 좁다고 활약하던 일룡회 회
장 쌍칼 정두식은 박무봉의 주먹 한 번에 무릎을 꿇고 말았
다.

털썩-

허무하다 싶을 정도의 결과였지만, 애초에 하늘 위에 하
늘.

보고 있는 세계가 다른 두 사람이었다.

"형님!"

"회장님!"

당황한 조직원들이 자리에서 일어서려고 하자 든솔의 경
호원들이 준비하고 있던 전기 충격기를 켰다.

파지직! 파직!

전기 충격기에서 파란 스파크가 튀어 오르자 조직원들이
움찔거리며 다시금 몸을 숙였다.

조직의 우두머리가 쓰러진 상황에서 자신들이 할 수 있
는 일이 없다는 정도는 그들도 잘 알고 있었다.

"으으."

복부를 감싸며 신음을 흘리는 정두식을 뒤로하고 박무봉의 시선이 다른 곳으로 움직였다.

움찔-

시선을 받은 사람, 차선영 과장이 몸을 떨며 한 걸음 뒤로 물러섰다.

지금의 상황은 그녀가 단 한 번도 상상하지 못한 전개였다.

오히려 그녀는 정두식이 황갑순 여사를 때리면 어떻게 말려야 할까 하는 고민을 했을 정도였다.

'대, 대체 저 사람은 누구야? 왜 저런 사람이 여기 있는 거지?'

그녀의 똑똑한 머리도 지금 상황에서는 아무런 도움이 되지 못했다.

머릿속에는 오로지 지금 상황에서 도망치거나 한시 바삐 마동수 실장에게 연락을 취해야 한다는 판단뿐이었다.

그러나 그녀의 몸은 공포에 질려 꼼짝도 하지 못했다.

"그쪽이 KV 그룹에서 나온 사람인가?"

"……."

"이봐! KV 그룹에서 나왔냐고?"

"마, 맞아요. 저는 미래전략기획실 소속 차선영이라고 해요."

"아! 차선영 과장?"

"저, 저를 아시나요?"

박무봉이 단숨에 자신의 직책까지 함께 호명하자 차선영 과장의 눈이 크게 떠졌다.

그 모습에 박무봉이 웃음을 흘리며 말했다.

"그 질문에 대답해 줄 의무는 없는 것 같은데. 아무튼 여사님께서 만나 보고 싶다고 하시니까, 따라오도록."

"하, 하지만……."

"하지만이 아니라 따라오라고. 한국말 몰라?"

"아, 알겠어요."

이미 상황은 그녀가 뭔가를 할 수 있는 흐름이 아니었다.

주변의 눈치를 살피던 차선영 과장이 재빨리 박무봉에게로 걸어갔다.

그 모습을 확인한 박무봉이 담담한 얼굴로 직원들을 향해 말했다.

"서울 주 경감한테 연락 넣어서 이 녀석들 모두 잡아가라고 해."

모든 일이 정리될 때까지 황갑순 여사는 마당의 테이블에 그대로 앉아 있었다.

차선영 과장을 데리고 들어가자 황갑순 여사가 입을

열었다.

"저 아가씨가 이번 일의 주동자인가?"

"맞습니다. KV 그룹 기획실 소속입니다."

박무봉의 소개에 차선영 과장이 눈치를 보다가 말했다.

"그 기획실이 아니라 미래전략기획실…… 아, 아니에요. 기획실 맞습니다."

단어를 정정하려던 차선영 과장이 박무봉의 눈빛을 받고 는 그대로 고개를 숙였다.

황갑순 여사가 그런 그녀를 보며 말했다.

"그래, 저런 무시무시한 사람을 여기까지 이끌고 와서 이 늙은이를 만나려고 한 저의가 뭔가?"

"그, 그게 그러니까……."

망설이는 차선영 과장을 향해 박무봉이 턱짓을 했다.

황갑순 여사 역시 괜찮다는 듯 고개를 끄덕였다.

그러자 눈치를 보던 차선영 과장이 말을 이어 나가기 시 작했다.

"다, 다음 주에 주주총회가 있습니다. 총회에서 여사님께 서 저희를 지지해 달라고 요청하기 위해서 찾아왔습니다."

"밖에 있는 저 무시무시한 친구들을 데리고 말인가? 이 늙은이가 거절하면 강제로라도 위임장을 받아 갈 생각이었 구만."

"……."

핵심을 찌르는 소리에 차선영 과장은 아무런 말도 할 수가 없었다.

황갑순 여사의 말이 사실이었기 때문이다.

털썩-

하지만 그도 잠시.

차선영 과장이 이내 무릎을 꿇었다.

"……여, 여사님. 이번 주주총회는 잘못됐습니다. 현 경영진은 언제나 주주들을 생각하고 회사를 경영하기 위해 최선을 노력을 다하고 있습니다. 그러니 앞으로도 쭉 현재의 경영진을 믿어 주시고 힘을 실어 주신다면, 결코 실망시켜 드리지 않을 겁니다. 그러니 부디 여사님께서 보유하신 지분에 대한 위임장을 제게 써 주세요."

"실망시키지 않겠다고?"

"무, 물론입니다."

황갑순 여사의 물음에 차선영 과장이 재빨리 대답했다.

"암! 회사가 주주들을 실망시키면 안 되지. 그게 기본이니까."

"그, 그렇죠. 여사님께서도 알고 계실 겁니다. 저희 회장님께서는 지금까지 기업을 이끌면서 단 한 번도 주주들을 실망시키신 적이 없습니다."

황갑순 여사가 고개를 흔들었다.

"그건 아니지. 백화점 사고를 벌써 잊었나? 이 늙은이도 아직 기억하는 일을?"

"……"

"뭐, 물론 그 뒤에 주가는 다시 정상을 회복하긴 했지."

황갑순 여사가 한마디 할 때마다 차선영 과장은 심장이 쫄깃해졌다.

하지만 희망이 없다고는 생각되지 않았다.

주주들이 가장 원하는 게 무엇인가?

기업이 승승장구해서 주가를 올리고 이를 통해 이윤을 만들어 주는 것이다.

"여사님 한 번만 더 믿어 주시기 바랍니다! 이번 위기만 넘기면 KV 그룹은 국내가 아니라 세계로 도약할 수 있습니다. 그렇게 되면 주가는 분명 상승할 겁니다. 그러니 부디……"

"그런데 말이네. 아가씨는 내 주식 철학이 뭔지 알고 있나?"

"네?"

갑작스럽게 치고 들어오는 질문.

"그, 그게 그러니까……"

"침몰하는 배에는 타지 않는다. 이게 바로 내 30년 주식

인생의 원칙이라네."

차선영 과장이 고개를 들어 황갑순 여사의 얼굴을 쳐다
봤다.

처음에는 인자하기 그지없어 보이던 얼굴이 어딘지 모르
게 무섭다는 느낌이 들었다.

덜덜-

갑작스러운 한기에 차선영 과장이 몸을 떨었다.

황갑순 여사는 그와 상관없이 말을 이어 갔다.

"자네가 손녀처럼 생각되어서 해 주는 말인데, 이 늙은
이가 볼 때 자네가 몸담고 있는 그룹은 이제 침몰하는 배라
네. 그러니 아까운 청춘을 침몰하는 배에 쏟아붓지 말고 이
제 새로운 곳을 찾아 떠나게나. 요즘 같은 세상에 젊은이가
새로운 곳을 찾아 떠나는 것이 무슨 흉이 되겠는가?"

차선영 과장의 머릿속에 불현듯 마동수 실장이 해 줬던
얘기가 떠올랐다.

마동수 실장은 다음을 준비하라고 했다.

마치 KV 그룹이 망하기라도 할 것처럼 말하면서 말이
다.

하지만 차선영 과장이 볼 때 그런 일은 벌어질 리가 없었
다.

KV 그룹이 어떤 곳인가?

재계의 거두로 손꼽히는 국내 굴지의 기업이다.

그녀가 볼 때 절대 망할 리가 없는 곳이었다.

그래서 차선영 과장은 이번이 자신이 그룹의 중요 위치로 도약할 수 있는 기회라고 판단했다.

하지만 주식의 신이라고 불리는 황갑순 여사조차 KV 그룹을 침몰하는 배라고 표현했다.

'단순히 블러핑일까? 그게 아니라면 이 사람들은 내가 보지 못하는 것을 보고 있는 것일까?'

그녀의 머릿속에 수많은 생각이 들었다.

"아무튼 이 늙은이가 해 줄 말은 다 해 준 것 같네. 돌아가면 자네 회장에게 잘 말하게나. 방에 있는 귀중품은 미리미리 챙겨 두라고. 자리에서 쫓겨나면 다시 회장실을 찾을 일도 없을 테니까."

말을 끝낸 황갑순 여사가 박무봉을 보며 신호를 보냈다.

의미를 알아챈 박무봉이 차선영 과장을 향해 손을 내밀었다.

"일어나시죠."

"네?"

"숙녀가 언제까지 그렇게 있을 겁니까?"

처음과 달리 한결 부드러워진 목소리였다.

"네? 아, 네."

조심스레 손을 잡고 차선영 과장이 자리에서 일어섰다.

후두둑−

그러자 바지에 묻은 흙먼지들이 기다렸다는 듯 떨어져 내렸다.

뿐만 아니라 급하게 무릎을 꿇느라 바지의 허벅지 부분이 길게 찢어져 있었다.

"아……."

당황한 그녀가 재빨리 찢어진 부위를 엉거주춤 가리자 박무봉이 무심한 표정으로 자신의 재킷을 벗어 건네줬다.

"……?"

"받으세요. 어차피 그쪽이 무슨 악의가 있어서 이런 짓을 저지른 건 아니지 않습니까? 당신도 나름 살아남기 위해서 그런 거니까."

지금까지 그 어떤 말보다 차선영 과장의 가슴에 와닿는 말이었다.

박무봉의 말 그대로였다.

그녀 또한 살기 위해, 살아남기 위해 선택한 방법일 뿐이었다.

부르르−

그녀가 떨리는 손을 억지로 참아 내며 박무봉이 건네는 재킷을 받았다.

그리고 차선영 과장은 흘러나오려는 눈물을 억지로 참아내며 생각했다.

'……아무래도 내일부터는 이력서라도 다시 써야겠네.'

그날 어째서 마동수 실장이 그런 말을 했는지 이제야 조금이나마 알 것 같은 그녀였다.

일주일은 빠르게 지나갔다.

그리고 누군가는 기대하고 누군가는 절대 바라지 않던 KV 그룹 주주총회의 날이 찾아왔다.

"지금부터 KV 그룹의 임시 주주총회 개시를 선언하겠습니다. 금일 주주총회는 현 경영진의 잘못된 경영을 바로잡기 위한 주주들의 요구에 의해 열리게……."

KV 그룹의 대회의장.

그곳에서 주주총회의 진행을 맡은 사회자의 안내에 따라 임시 주주총회가 시작되었다.

국내를 대표하는 그룹인 만큼 주주총회에는 대주주들을 비롯한 다수의 소액 주주들이 회의장 안을 빼곡하게 채웠다.

중앙의 앞줄에는 KV 그룹의 오너 일가가 앉아 있었는데, 그 뒷줄은 신기하게도 많은 자리가 공석이었다.

그룹 경영의 핵심 인원이라고 할 수 있는 이사급들이 현재 서울중앙지검에 불려 가서 한창 조사가 진행 중이기 때문이었다.

반면 사회자 기준으로 오른쪽에는 나를 비롯한 국내 5대 로펌 소속의 변호사들과 박무봉, 그리고 차태현 국장이 앉아 있었다.

'드디어 오늘이 왔다.'

이렇게 KV 그룹의 회의장에 앉아 있으니, 감회가 새로웠다.

머릿속에 지난 날 겪었던 많은 일들이 스쳐 지나갔다.

개중에는 KV 백화점이 붕괴되던 날, 현장에서 절규하던 사람들의 모습도 있었다.

그 순간에도 KV 그룹을 대표하고 있던 이들은 자신들의 잘못을 부정하기에 바빴고, 지금은 호의호식하고 있었다.

이제 이들은 그에 대한 죗값을 본격적으로 받아야 할 것이다.

"자, 그럼 지금부터 현 경영진의 해임을 요구한 주주 대표 한정훈 님의 의사 개진이 있겠습니다. 한정훈 님, 의사 개진을 해 주시기 바랍니다."

사회자의 안내에 따라 자리에서 일어나 단상을 향해 걸음을 옮겼다.

아무리 나라고 해도 이 순간만큼은 심장이 떨리지 않을 수가 없었다.

'후우.'

가볍게 숨을 들이키고는 단상을 향해 걸어 나갔다.

찌릿- 찌릿-

그러자 가장 앞줄에 앉아 있는 KV 그룹 임원진들의 따가운 눈총이 느껴졌다.

"처음 뵙겠습니다. 한정훈이라고 합니다. 아시겠지만, KV 그룹은 수십 년 동안 대한민국 재계의 거두로 있었고, 사회에 수많은 공헌을 해 왔습니다. 그건 저 역시 인정하는 바입니다."

진실은 진실이다.

KV 그룹이 존재함으로 가정을 꾸리고 자식을 키우고 보람찬 인생을 살아온 사람은 분명히 존재했다.

그걸 부정할 수는 없는 노릇이었다.

"하지만! 그렇다고 죄를 지어도 되는 건 아니라고 생각합니다. KV 그룹은 현재 방만한 경영으로 부채 비율이 증가하고 있으며, 경영진은 그 사실을 은폐하고 자신의 이익을 취하기 위해 혈안이 되어 있습니다. 그로 인해 KV라는 이름을 달고 있는 계열사가 현재 국민들에게 어떤 취급을 받고 있습니까? 제가 굳이 말하지 않아도 여기 계신 여러

분들 중에 그 사실을 모르는 분은 없을 겁니다."

악덕 기업.

서민의 등골을 빼먹는 기업.

이익을 위해서라면 물불 가리지 않는 냉혈한들이 모인 기업.

그게 바로 지금의 언론이 말하는 KV 그룹의 이미지였다.

KV 그룹 임원진들의 얼굴은 붉게 달아올랐지만, 그들은 아무런 말도 하지 못했다.

모든 게 사실이었기 때문이다.

반면, 대주주들과 소액 주주들 사이에서는 웅성거림이 흘러나왔다.

본인이 아는 것과 주변 사람에게 그 사실을 다시 한 번 확인받는 것은 의미가 남다르기 때문이었다.

주변의 반응을 살피다가 잠시 뜸을 들인 뒤 말을 이었다.

"또한 알고 계시겠지만, 현재 KV 그룹의 경영에 참여한 임원진들은 중앙지검에서 조사를 받는 중입니다. 제가 듣기로는 증거가 확실해서 빠져나가기는 어려울 것 같다고 하더군요. 뿐만 아니라 아직 연락이 가지 않았겠지만……."

말을 멈추고 앞줄에 앉아 있는 오너 일가와 눈을 마주쳤다.

갑작스레 내가 바라보자 그들은 깜짝 놀란 표정을 짓고는 괜스레 헛기침을 했다.

아직은 하늘에 나는 새도 떨어트리는 대한민국 상류층의 일원이지만, 이 자리가 끝나고 나서는 과연 어떨까?

"오너 일가 분들도 긴장을 하는 게 좋을 겁니다. 지은 죄가 꽤 있더군요."

"저놈이!"

결국, 곽도원 회장의 입에서 노호성이 터졌다.

가볍게 무시하고 준비했던 말을 마저 이었다.

"아무튼 현재 KV 그룹의 경영 방식에는 문제가 많고, 저는 주주의 한 사람으로서 더 이상 방치해서는 안 된다고 생각했습니다. 잘못된 게 있다면, 바로잡아야겠지요. 그래서 저는 제가 위임받은 51.8%의 주식을 행사하여 현 KV 그룹 경영진의 사임을 요구합니다."

벌떡!

"5, 51%라고? 그럴 리가!"

위임받은 주식의 수치가 공개되자 곽도원 회장이 자리에서 일어섰다.

그뿐만이 아니었다.

그의 곁에 앉아 있던 오너 일가들의 표정 또한 당황한 기색이 역력했다.

곽도원 회장이 곧장 고개를 돌려 마동수 실장을 쳐다봤다.

"마 실장! 이게 어떻게 된 일이야? 분명 경영권 방어를 확보할 만큼의 주식을 위임받았다고 하지 않았나?"

주주총회가 시작하고 묵묵히 자리를 지키고 있던 마동수 실장이 고개를 가볍게 숙였다.

마치 기계와 같은 동작이었다.

"회장님, 죄송합니다."

"뭐?"

"제가 착각을 했나 봅니다."

"그, 그게 무슨 소리야? 착각이라니!"

"조금 전 확인해 보니, 저희가 확보한 주식이 50%가 채 되지 않는 것 같습니다."

담담한 마동수 실장의 목소리에 곽도원 회장의 얼굴이 잘 익은 사과처럼 붉어졌다.

"이, 이런 미친! 자네 지금 무슨 소리를 하는 거야!"

"죄송합니다."

그러나 곽도원 회장의 분노에도 마동수 실장의 목소리는 여전히 담담했다.

그 모습을 보며 난 속으로 미소를 지었다.

바로 며칠 전의 일이 생각났기 때문이다.

속초의 일이 정리되고 내게 한 통의 전화가 걸려왔다.

그리고 그 전화의 주인공은 다름 아닌 마동수 실장이었
다.

[이미 절반 이상의 주식을 확보한 것으로 알고 있습니다.
그럼, 당연히 기존 경영진의 해임이 진행되겠죠. 하지만 그
들 밑에서 일하던 사람들은 잘못이 없습니다. 애초에 그들
은 선택할 권리조차 없는 상태로 위에서 시키면 시키는 대
로 일을 했을 뿐입니다.]

솔직히 말해서 처음에는 무슨 헛소리인가 했다.

하지만 이어서 들려오는 그의 말이 내 관심을 끌었다.

[곽도원 회장의 비리 장부가 제게 있습니다. 그걸 넘겨
드릴 테니, 경영진 외 기존 직원들의 해임을 보류해 주시기
바랍니다. 선처 부탁드리겠습니다.]

마동수 실장.

KV 그룹 곽도원 회장의 오른팔인 만큼 당연히 그에 관
해서도 철저히 조사했다.

그렇기 때문에 그에게 이런 전화가 왔을 때 든 생각은

어떤 숨겨진 속셈이 있는 건 아닐까 하는 것이었다.

하지만 내가 제안을 받아들이지 않았음에도 불구하고 그는 먼저 곽도원 회장의 비리 장부를 넘겼다.

장부에는 내가 준비했던 것 이상의 자료가 적혀 있었다.

굳이 따지자면 내가 준비한 자료로 5년 정도의 징역형이 나올 예정이었다면, 마동수 실장이 건네준 장부 덕분에 10년, 아니 15년도 가능해졌다고나 할까?

결국 나는 마동수 실장의 제안을 받아들이기로 했다.

단, 하나의 조건은 있었다.

기존 직원의 직위는 보장하는 대신 이후 철저한 심사를 거쳐서 재평가하겠다는 것이었다.

마동수 실장은 이를 수락했고 결국 우리는 주주총회를 앞두고 적에서 동지가 되었다.

물론 이러한 사실을 모르는 곽도원 회장은 믿어 왔던 오른팔에게 완전 뒤통수를 맞게 된 것이다.

"마, 마동수! 내가 너한테 어떻게 했는데! 이 개새끼야! 감히 날 배신해?"

나와 마동수 실장을 번갈아 바라보던 곽도원 회장이 뒤늦게 이상한 낌새를 눈치 채고 소리를 내질렀다.

뿐만 아니라 오너 일가 역시 마동수를 노려보며 소리쳤다.

"마 실장! 감히 주인을 물어?"

"이런, 개 같은 자식이 있나!"

"너 돈 받았지? 야 이 새끼야! 얼마 받았어? 네가 그러고도 무사할 것 같아?"

온갖 욕설이 회의장 안에 난무했다.

그러자 눈살을 찌푸린 사회자가 입을 열었다.

"조용! 모두 조용히 하세요! 더 소란을 피우시면, 진행을 위해 퇴장시키도록 하겠습니다. 자, 계속 진행할 테니 모두 자리에 앉아 주시기 바랍니다."

하지만 사회자의 경고에도 불구하고 곽도원 회장은 자리에 앉지 않고 회의장 안에 모인 사람들을 향해 시선을 돌렸다.

"나 곽도원이야! 곽도원! 내가 지금까지 그룹을 어떻게 키웠는데? 내가 떠나고 나면 네놈들 지금처럼 배당금을 받아 갈 수 있을 것 같아? 저런 새파란 놈이 기업을 운영할 수 있다고 생각하나? 당장이라도 주가는 폭락하고 너희 모두 알거지가 될 거야! 그러니까 아직 늦지 않았어. 지금이라도 저놈 지지를 철회하고 나를 밀어! 내가 너희들 전부를 돈방석에 앉히고 평생 호의호식하며 살게 해 줄 테니까!"

눈살이 절로 찌푸려지는 말이자 그의 권위적인 성격을 단번에 알 수 있는 외침이었다.

그런 곽도원 회장을 비웃으며 주주들을 향해 말했다.

"경영에 대해서는 걱정하지 마시기 바랍니다. 저는 경영에는 일체 간섭하지 않고, 오로지 기업 경영에만 힘을 쓰는 전문 경영인에게 KV 그룹을 맡길 생각입니다."

빠득—

전문 경영인이란 카드를 들이밀자 곽도원 회장이 이를 악물었다.

이대로는 안 된다는 걸 그 또한 깨달은 것이다.

"여, 여러분! 이 곽도원을 믿어 주십쇼! 이 곽도원만이 이 KV 그룹을 이끌고 나갈 수 있습니다. 딱 한 번! 제발 한 번만 믿어 주십쇼!"

불과 1분도 되지 않아 태세가 바뀌었다.

그 모습에 대주주는 물론 소액주주들이 인상을 쓰며 중얼거렸다.

"쯧쯧. 재벌 회장이라고 해서 별거 없구만."

"그러게 말이야. 쫓겨날 때가 오니 온갖 발악을 하네."

"회장이라는 허울만 벗기면, 저 사람도 우리랑 다를 게 없어."

이미 분위기는 내 쪽으로 충분히 넘어왔다.

더는 시간을 길게 끌 필요가 없었다.

시선을 돌려 대기하고 있는 사회자를 쳐다봤다.

"사회자님."

"네?"

"말했듯이 저희가 확보한 지분은 50%가 넘습니다. 주주 분들께서도 바쁘시니, 바로 확인하시고 이만 끝내도록 하 죠."

사회자가 고개를 끄덕였다.

"알겠습니다. 그럼, 지금부터 양측의 변호사 분들은 위 임장을 가지고 앞으로 나와 주시기 바랍니다."

사회자의 말이 끝나자 우리 쪽에서 섭외해 둔 로펌의 변 호사들이 당당한 걸음으로 걸어 나갔다.

반면, KV 그룹 쪽의 변호사들은 오너 일가를 한 번 바라 보다가 어두운 얼굴로 준비해 둔 서류를 가지고 걸어 나갔 다.

그렇게 단상 앞으로 걸어 나간 변호사들이 서로 준비한 서류들을 교차 확인하기 시작했다.

"으음……."

"틀렸습니다."

앞서 나온 신음과 고개를 젓는 행동은 KV 그룹 측의 변 호사들에게서 흘러나왔다.

"역시!"

"확실하네요."

"끝난 것 같습니다."

그 뒤를 이어 환한 얼굴로 웃으며 입을 여는 쪽은 바로 내가 고용한 로펌의 변호사들이었다.

"최종 확인 끝났습니다."

"……끝났습니다."

이윽고 변호사들에게 인계받은 서류를 최종적으로 확인한 사회자가 고개를 끄덕이고는 입을 열었다.

"그럼, 발표하겠습니다. 양측 변호사들과 함께 최종 확인 결과 찬성 51.8%로 현 KV 그룹의 경영진 해임안이 통과되었음을 선포합니다."

짧지 않은 말이었지만, 그 여파가 갖는 파괴력은 작지 않았다.

꿀꺽-

누구라고 할 것 없이 목젖을 타고 침이 넘어가는 소리가 회의장 곳곳에서 들려왔다.

지금의 선언으로 명확해진 것이다.

현 대한민국 재계 7위 KV 그룹.

지금 이 순간 그곳의 주인이 바뀐 것이다.

"이, 이럴 수는 없다. 이럴 수는……."

털썩-

"회장님!"

그리고 바로 그 순간 나를 향해 손가락질을 하던 곽도원 회장이 서 있던 자세 그대로 쓰러졌다.

놀란 사람들이 재빨리 다가가 곽도원 회장을 부축했지만, 그는 이미 정신을 잃은 상황이었다.

마동수 실장은 그런 그의 모습을 씁쓸한 표정으로 바라보고 있었다.

"음, 이렇게 되면 준비시킨 사람들은 돌려보내야겠는데요?"

어느새 내게 가까이 다가온 차태현 국장이 슬며시 말을 걸었다.

"그러게요. 공금 횡령 혐의로 곧장 잡아가려고 했는데, 아무리 그래도 정신을 잃은 사람을 검찰로 데리고 갈 수는 없죠. 보는 눈이 있으니까요."

어깨를 으쓱거리며 품안에서 서류 한 장을 꺼냈다.

바로 사전에 발부받은 곽도원 회장의 구속영장이었다.

"뭐, 상황이 이렇게 된 이상 기회는 얼마든지 있으니까 괜찮습니다."

찌익—

미소를 지으며 손에 들고 있던 구속영장 서류를 찢어 버렸다.

이런 서류가 아니더라도 앞으로 곽도원 회장은 남은 삶

이 지옥과도 같을 것이다.

스윽―

고개를 돌려 창밖을 바라보자 청명하고 푸른 하늘이 보였다.

마치 내게 축하 인사를 보내는 듯 깨끗하고 구름 한 점 없었다.

"……여러분, 이제 편하게 지켜들 보세요. 개똥밭에서 굴러도 이승이 좋다고 하지만, 곽 회장 아니 곽도원에게 그게 아니라는 사실을 뼈저리게 느끼게 해 주겠습니다. 죄지은 놈은 그에 합당한 벌을 받아야 하니까요. 그렇죠?"

TIME
ROULETTE
타임룰렛

Chapter 168. 변화의 흐름

잠을 자고 일어나니 세상이 바뀌었다.

이런 말이 있지만, 사람들은 잘 체감을 하지 못한다.

그만큼 하루 만에 세상이 바뀌는 일은 평생 한 번 겪을 수 있을까 말까 할 정도로 드문 일이라고 할 수 있다.

하지만 바로 오늘.

대한민국의 국민들은 연신 두 눈을 비비며 TV와 신문, 인터넷 기사를 쳐다봤다.

[재벌의 신화가 무너지다!]

[국내 10대 그룹, KV 그룹 전격 경영진 교체! 앞으로의

행보는?]

　[KV 그룹 곽도원 회장 뇌출혈로 쓰러져! 현재 의식 불명!]

　[정부의 정경유착 철폐! 드디어 그 효과를 거두나?]

　[KV 그룹의 대주주 한정훈, 과연 그는 누구인가?]

　언론은 온갖 자극적인 기사들로 대한민국을 흔들었다.

　제목은 모두 달랐지만, 공통된 내용은 아래와 같았다.

　[금일 KV 그룹의 홍보팀은 임시 주주총회를 거쳐 현 경영진이 전격 해임됐음을 발표했다. 그로 인해 KV 그룹은 비상 체제로 돌입, 조만간 새로운 전문 경영진들이 빠르게 빈자리를 채움으로 경영 체제를 정상화…….]

　재벌 회장이 노환으로 세상을 떠나는 건 그리 놀라운 일도 아니다.

　하지만 대한민국에서, 그것도 재계 10위에 속한 재벌 회장이 주주총회를 통해 쫓겨나는 건 유례가 없는 일이었다.

　사람들은 놀라워하는 한편으로 우려를 표하기도 했다.

　"아무리 그래도 경영진 전부를 해임하는 건 오버 아니냐? 당장 회사는 어떻게 운영하라고? 이건 진짜 너무 나갔다."

"에이, 아무리 그래도 그 정도는 아니지. 수만 명이 일하는 회사인데 고작 십여 명 빠졌다고 운영에 문제가 생기겠냐? 어차피 회사 나와서 골프나 치고 잠이나 자는 인간들인데. 난 차라리 잘됐다고 본다."

"그나저나 갑자기 구조조정하고 그러지는 않겠지? 우리 처형이 KV 전자 다니는데, 요새 분위기 완전 장난 아니라고 하더라. 올해는 성과급도 안 나올 것 같다고 하던데."

"이래나 저래나 일단은 상황을 좀 지켜봐야겠지. 정부쪽에서 그냥 지켜보는 거 보면 일단 구조조정이나 그런 건 없을 것 같기는 한데."

"맞다. 너 처남이 경제부 쪽 기자 아니야? 뭐, 들은 것 없어?"

대한민국의 평범한 직장인, 30대들은 주로 이런 얘기를 나눴다.

그들이 걱정하는 건 KV 그룹이라는 거대 재벌이 흔들림으로써 당장 사회에 찾아올 불경기였다.

반면, 한창 취업 준비를 하는 20대의 생각은 30대들과는 조금 달랐다.

"아! 공채 준비하고 있었는데. 이러다가 올해 공채 취소되는 거 아냐?"

"어휴. 전 이번 공채만 준비하고 있었는데. 답답해 죽겠어요."

"취준모 카페에서 봤는데, 공채는 하더라도 인원을 엄청 줄일 거라는 얘기도 있고 경영진이 바뀌면서 보여 주기식이라도 인원을 대폭 뽑을 거라는 얘기도 있네요. 어느 쪽이 맞는 얘기인지 지금은 좀 더 지켜봐야 할 것 같아요."

"하아. 하필 왜 우리가 취업 준비할 때 이런 일이 터지는지 답답하네요. 다 포기하고 해외라도 가야 하나."

인생의 목표가 취업은 아니겠지만, 대부분 취업이라는 것을 고민해야 하는 상황이었기에 이들은 걱정이 앞설 수밖에 없었다.

그리고 20대보다 좀 더 어린 10대의 생각은 또 달랐다.

"으하하! 쌤통이다! 매일 비리 터지고 그래도 휠체어 코스프레로 빠져나가더니."

"대한민국에서는 재벌도 떡락. 애들아, 이거 실화냐?"

"근데 어차피 우리랑은 상관없지 않냐? 당장 바뀌는 것도 없는데. 그냥 집에 가서 오늘도 치킨이다, 고!"

그렇게 연령에 따라서 사람들의 생각은 모두 다를 수밖에 없었다.

실제로 체감이 되는 게 다르기 때문이다.

이런 가운데 눈물로 이번 사태를 지켜보는 이들 역시 있었다.

그들은 바로 KV 백화점 붕괴 사고의 피해자이자 유가족들이었다.

햇수로 5년 가까이 피해 보상을 촉구하며 붕괴 사고의 책임자들의 처벌을 요구하던 그들은 KV 그룹의 경영진이 모조리 해고당하며 검찰 조사를 앞두고 있다는 소식에 쌍수를 들고 환영했다.

유가족의 대표로 활동하며 '우리가 힘이 없어 미안하다.' 라는 책을 출판한 이한울 작가는 이번 KV 그룹 경영진의 전격 해임을 두고 이렇게 말했다.

[……아직도 꿈만 같습니다. 오늘 같은 날이 찾아올 줄은 계속 싸워 오면서도 기대하지 못했으니까요. 미흡하지만 유가족들을 대표해서 희망 재단의 한정훈 이사장님에게 꼭 감사하다는 말을 드리고 싶습니다. 정말…… 정말로 감사합니다. 이제야 저희 아들의 무덤에 웃으면서 꽃을 놔줄 수 있을 것 같습니다.]

임시 주주총회에 나타난 순간 내 정체를 숨기는 건 불가능해졌다.

그곳에 있던 수많은 주주들의 입을 막을 수 없는 노릇이었기 때문이었다.

그렇기 때문에 우선 중앙지검에 복귀해서 사표부터 제출했다.

"이게 뭔가?"

신성준 부장검사가 뚱한 표정으로 묻자 나 역시 담담한 목소리로 말했다.

"사직서입니다."

"내가 그걸 몰라서 묻나? 갑자기 이걸 왜 내는 건데?"

"정말 몰라서 물으시는 겁니까? 이번 건은 제가 희망 재단의 이사장이 됐던 때의 여파와는 차원이 다를 겁니다."

희망 재단이 대한민국의 최고의 복지 재단이라고는 하지만, 거기까지였다.

아무리 대단한 복지 재단이라고 해도 사실상 사람들의 기억에 복지 재단은 잘 기억에 남지 않는다.

하지만 국내 굴지의 재벌은 다르다.

초등학생들조차 10대 재벌의 기업명은 알고 있다.

집에서 사용하는 컴퓨터, TV, 냉장고를 시작해서 그들이 사용하는 온갖 물건들에 10대 재벌 기업들의 로고가 박혀 있기 때문이다.

뿐만 아니라 학생들이 즐겨 보는 게임 방송이나 스포츠

방송에도 늘 대기업의 로고가 나오고 있었다.

아무튼 그런 기업 중의 하나를 내가 풍비박살 내 버렸으니, 내가 몸담고 있는 단체 역시 그 여파에서 자유로울 수 없는 것이 정해진 수순이었다.

더욱이 다른 곳도 아니고 보수의 끝판이라고 불리는 검찰청이 아니던가?

신성준 부장검사의 눈매가 가늘어졌다.

"그래서, 사고를 쳤으니 이대로 도망치겠다는 건가? 무책임하게?"

"……무책임한 게 아니라 책임을 지는 거라고 해 주시죠. 제가 남아 있으면, 소란만 더 커질 뿐입니다."

"그걸 알았으면, 조용히 처리했으면 얼마나 좋나?"

테이블 위에 사직서를 만지작거리며 잠시 고민을 하던 신성준 부장검사가 이내 결심을 내렸는지 집어 들었다.

"뭐, 어쨌든 좋네. 그만둔다는 사람을 억지로 잡을 수는 없는 노릇이지. 평양감사도 자기가 싫다고 하면 그만이라고 했으니까. 사표는 내가 빠른 시일 내에 수리하도록 하겠네."

"감사합니다."

"그보다 앞으로 어떻게 할 생각인가? 직장도 그만뒀으니, 자네가 직접 전면에 나서서 경영에 참여할 생각인가?"

신성준 부장검사의 물음에 난 고개를 절레절레 흔들었다.

"경영은 저랑 맞지 않습니다. 능력 있고 청렴한 전문경영인을 고용할 생각입니다. 후보로 정해 둔 분들도 몇몇 있고요. 아! 이번에 법무팀 실장도 자리에서 물러났는데, 부장님께서 오시는 건 어떠십니까?"

실제로 임시 주주총회가 끝나자 그룹의 법무팀에 속한 사람들 중 절반 이상이 사표를 썼다.

애초에 그들은 전관예우라는 대한민국의 부정 특혜를 노리고 곽도원 회장이 끌어들인 사람들이었다.

한데 곽도원 회장이 아무런 힘도 못 쓰고 물러났으니, 후일 자신들에게 피해가 오기 전에 재빨리 꼬리를 자르고 떠난 것이다.

"지금 자네 날 스카우트하는 건가?"

"그렇습니다."

신성준 부장검사는 능력도 그렇거니와 청렴함도 확인된 인물이었다.

그룹의 범무팀으로 온다면 오히려 KV 그룹 입장에서는 득이 됐으면 득이 됐지 실이 될 일은 아니었다.

신성준 부장검사가 잠시 당황한 표정을 짓더니, 이내 장난기가 동한 얼굴로 물었다.

"연봉은 많이 줄 건가?"

"지금 받는 것보다 3배 이상은 받을 수 있지 않을까요? 그룹 법무팀 실장의 연봉이 정확히 얼마인지 모르겠지만, 지금보다는 확실히 많을 겁니다. 이래저래 지원도 많을 거고요."

"3배라…… 그거 엄청나군. 하지만 제의는 거절하겠네."

"이유를 물어봐도 될까요?"

"윗사람들 자리가 많이 비어서 조만간 차장검사로 올라갈 것 같거든. 누군 덕분에 요새 성과를 많이 올리기도 했고 말이야."

"차장검사 말입니까?"

길게 얘기하지 않아도 무슨 뜻인지 알 수 있었다.

검찰의 인사이동은 안 그렇게 보여도 시류에 민감하게 반응한다.

만약 KV 그룹의 임원들을 조사하고도 그룹이 멀쩡했더라면, 이번 조사를 감행한 신성준 부장검사는 최소 지방으로 좌천됐을 것이다.

그게 아니라면 옷을 벗어야 했을지도 모르고 말이다.

하지만 KV 그룹 경영진이 한순간에 와해됨으로써 상황은 180도 반전되었다.

오히려 그들에게 뒷돈을 받거나 관련이 있던 자들이 한순간에 새가 되어 버린 것이다.

상황이 이렇게 되어 버리니 위에서는 이번 일을 주도한 신성준 부장검사를 당연히 위로 올릴 수밖에 없었다.

"부장님, 축하드립니다."

"축하는 무슨. 위에 올라가니 이제 칼춤이나 제대로 춰야지. 아무리 생각해도 지금 검찰은 너무 썩었거든."

고작 한 계급 차이지만, 부장검사와 차장검사가 갖는 힘은 다르다.

차장검사에서 한 걸음만 더 나아가면, 바로 검사장.

지방검찰청 같은 경우에는 꼭대기가 되는 자리다.

그리고 그 이후에는 검찰청장의 자리를 노려볼 수도 있다.

'이 사람이라면 충분히 가능할 거다.'

막말로 자신이 가진 모든 것을 잃을 수 있었음에도 나를 도왔던 사람이었다.

내 사람이라고 할 수는 없지만, 그래도 뜻이 통한 사람이라고 할 수는 있다.

그렇기 때문에 믿고 도움을 줄 수 있다.

"앞으로 도울 일이 있으면 언제든 말씀하세요. 힘이 닿는 데까지 돕겠습니다."

"말이라도 고맙군."

"진심으로 하는 말입니다. 만약 모든 게 실패해도 부장님의 꿈은 제가 이뤄 드릴 테니까요."

신성준 부장검사가 고개를 갸웃거렸다.

"꿈?"

"검찰청 앞에 치킨집 하나는 차려 드리겠습니다."

눈을 깜박이며 날 바라보던 신성준 부장검사가 처음으로 박장대소했다.

"하하하! 그래, 치킨집도 나쁘지 않지. 지금보다 더 높은 자리로 가니 후배들도 많이 찾아올 테고 말이야. 다른 건 몰라도 치킨집 차려 주겠다는 약속은 꼭 지키게."

"물론입니다."

"자, 그럼 이제 그만 돌아가서 사무실 사람들과 인사도 하고 정리를 하게. 자네가 담당하고 있던 사건은 내가 알아서 분배할 테니까."

"신경 써 주셔서 감사합니다."

"치킨집에 대한 대가라고 생각해. 그럼, 그만 가 보게나."

자리에서 일어나 가볍게 고개를 숙이고는 그대로 부장실을 나왔다.

만남이 있으면 헤어짐도 있는 법.

사무실 직원들에게 퇴사 소식을 알리자, 박동철 계장과 민희선 실무관은 굉장히 슬퍼했다.

"흑흑. 검사님 그냥 계속 일하시면 안 되나요?"

"이렇게 그만두시다니. 정말 마음이 아픕니다."

민희선 실무관이 눈물을 흘리자 박동철 계장마저 닭똥같이 굵은 눈물을 펑펑 흘릴 정도였으니까.

그 모습에 한쪽 가슴에 짠한 마음이 들었고 적어도 내가 이 사람들에게 아무것도 아닌 사람은 아니었구나라는 생각이 들어서 한편으로는 뿌듯함도 있었다.

그렇게 다음에도 기회가 있으면 만날 것을 약속하며, 검찰청의 일은 마무리를 지었다.

동기들이라고 해 봐야 큰 인연을 만들며 지낸 것은 아니었기 때문에 많은 시간을 두고 인사를 나눌 필요는 없었다.

"후우. 이제 다음으로 넘어갈 차례인가?"

사실 검찰복을 벗는 일을 이렇게까지 속전속결로 처리할 필요는 없었다.

언론에서 나를 두고 연일 기사를 쏟아 내며 다음 행보가 주목된다고 떠들고 있지만, 어차피 내가 반응하지 않으면 그뿐이었다.

더욱이 내게는 언론에서 큰 영향력을 행사하고 있는 차태현 국장이 존재하고 있었다.

다만 그럼에도 이렇게 빠르게 움직인 이유는 사실상 내 목숨과 직접적으로 연관된 사건이 남아 있기 때문이었다.

끼익-

청담동에 위치한 BAR.

지하로 이어진 길을 따라 쭉 걸어가자 QUEEN이라고 써진 명패가 보였고, 그 너머로 제법 넓은 공간에 한 명의 바텐더와 여성이 앉아 있었다.

인기척을 느낀 여성이 고개를 돌려 나를 바라보고는 투덜대듯 말했다.

"왔으면 자리에 앉지, 뭘 그리 보고 있어요?"

그녀는 바로 치우 소속의 여행자 한유리였다.

못 본 사이 한유리의 스타일은 꽤 바뀌어 있었다.

허리까지 내려오던 긴 머리카락은 귀가 보일 만큼 짧아졌고 색은 애시 그레이로 바뀌었다.

옷은 가슴골이 훤히 드러날 정도로 파인 원피스를 입고 있었는데, 다리를 꼬고 앉아 있어 허벅지와 다리의 라인이 고스란히 보였다.

한마디로 말해서 도발적이고 육감적인 몸매가 그대로 표현되는 스타일이었다.

저벅- 저벅-

곁으로 걸어가서 자리에 앉자 한유리가 바텐더를 향해 검지를 들어 올렸다.

"여기 같은 거로 한 잔 더 줘요. 낮이긴 하지만 상관없죠?"

"그런 건 주문하기 전에 물어봐야 하는 거 아니야?"

"그쪽이 안 먹는다고 하면 내가 먹으면 되니까요."

고개를 절레절레 흔든 다음 바텐더가 내미는 술잔을 받아 들었다.

가볍게 한 모금 들이켜니, 깔끔하면서도 톡 쏘는 향이 입 안에 가득 퍼졌다.

그 모습을 지켜보던 한유리가 기다렸다는 듯 물었다.

"괜찮죠?"

"확실히 좋네."

"당연하죠. 여기서만 맛볼 수 있는 술이니까요."

한유리의 목소리에는 자부심이 가득했다.

그렇기 때문에 굳이 조금 전 마신 위스키의 이름이 보모어(Bowmore)라는 사실은 언급하지 않았다.

오늘 이 자리에 찾아온 것은 잘난 척을 하기 위해서가 아니었으니까 말이다.

꿀꺽-

자신의 잔에 담긴 위스키를 한 모금 들이마신 한유리가

말했다.

"그런데 무슨 일로 나를 만나자고 한 거예요? 그때는 그렇게 매정하게 가 버리더니."

"그건……."

"잠깐만요! 내가 맞춰 볼게요. 그날 일이 미안해서 그렇죠? 나 같은 미인을 버리고 그냥 가 버려서 사과하려고 찾아온 거 맞죠?"

"……."

너무나 당당하게 말하니 순간 할 말이 사라졌다.

그렇게 내가 빤히 한유리를 바라보고 있자 그제야 그녀도 이상함을 눈치 채고 더듬거리며 말했다.

"아, 아니에요?"

"응. 아니야."

"그럼, 날 왜 찾았어요!"

"물어보고 싶은 게 있어서 찾아왔어. 그쪽한테는 조금 곤란한 질문일 수도 있겠지만."

진지하게 말했지만, 한유리가 어깨를 으쓱거렸다.

"곤란이요? 훗, 나한테 그런 질문이 있을 일이 있을 것 같아요?"

그거야 카드를 까 봐야 알 수 있는 일이었다.

"만약 질문에 제대로 대답해 준다면, 저번에 말했던 일

돕도록 하지. 세상을 멸망에서 구하는 일 말이야."

굳이 시간을 끌지 않고 내가 제시할 수 있는 최고의 패를
꺼냈다.

그러자 한유리의 얼굴에도 당황함이 어렸다.

지난날 단호하게 거절을 했던 내가 갑자기 이리 나오니,
그녀로서도 생각이 많아질 수밖에 없던 것이다.

"……일단 얘기부터 해 봐요."

"이승우."

"……?"

"이승우에 관해서 좀 알고 싶어."

본론을 꺼내자 한유리는 잠시 말이 없었다.

그리고는 고개를 돌려 바텐더를 바라봤다.

"한 잔 더요!"

조르르–

바텐더가 잔을 채워 주자 급히 내용물을 들이켜고는 말
했다.

"헷갈리네요. 어떤 의미로 이승우 그 자식에 관해서
묻고 싶다는 건지. 우선은 당신의 의도부터 알아야겠어
요."

스윽–

고개를 돌려 한유리를 쳐다봤다.

그리고는 예전부터 마음에 담아 두고 있던 말을 꺼냈
다.

"나는 이승우, 그 사람을 하운드로 생각하고 있으니까."

"뭐, 뭐라고요? 하운드?"

한유리라고 해서 하운드가 누구인지 모를 리 없었다.

순식간에 붉게 달아오른 얼굴을 일그러뜨린 그녀가 테이
블을 주먹으로 내리쳤다.

쾅!

"대체 무슨 의미로 그렇게 말하는 거죠? 대답에 따라서
치우가 당신을 적으로 돌릴 수 있다는 것을 명심하는 게 좋
을 거예요."

대한민국에서 최고의 영향력을 행사하는 여행자 집단,
치우.

그 집단을 적으로 돌리면, 당연히 피곤한 쪽은 나였다.

하지만 구더기 무서워서 장 못 담글까라는 말이 있듯, 이
문제를 해결하지 못하면 향후 내게 찾아오는 죽음을 막을
수가 없다.

"말해 주지. 어째서 내가 이승우를 하운드라고 생각했는
지."

그렇게 30분 동안 나는 한유리에게 이승우를 하운드라
판단한 이유를 말해 줬다.

얘기가 진행될수록 그녀의 표정은 시시각각 변했다.

절정은 마지막이었다.

"잠깐! 마고 할배? 지금 제주도의 마고 할배를 만났다고요?"

"맞아."

"거짓말!"

한유리는 강하게 부정했다.

"마고 할배는 우리조차 만나기 어려운 분이에요. 그런 분을 당신이 만났다고요?"

그녀의 당황스러움과는 상관없이 나는 담담하게 말을 이었다.

여기서 내 감정이 묻어난다면 상대방에게는 신뢰보다 오히려 의심을 줄 뿐이었다.

"사실이니까. 그리고 그분은 이승우가 하운드가 맞는지는 확실하지 않지만, 그 녀석의 손에 많은 사람이 죽은 것은 확실하다고 했어. 게다가 나중에는 이승우가 그분의 스킬을 강제로 깨 버렸지."

"어떻게……."

"혹시 이걸 보여 주면 믿을 수 있으려나?"

툭-

허리춤에서 마고 할배에게 받았던 청동 단검을 꺼내 테

이블 위에 올려놓았다.

그러자 한유리의 입이 주먹이라도 들어갈 것처럼 벌어졌다.

"이, 이건 마고 할배님의 신표? 당신 정말로 마고님을 만났군요!"

"그렇다니까."

"그 자식이 제멋대로에 사고뭉치는 분명하지만 그렇다고 해도 하운드라니…… 난 믿을 수 없어요."

"믿고 안 믿고는 그쪽 자유야. 애초에 이승우를 하운드라고 믿어 달라고 권유하기 위해서 온 것도 아니니까. 다만 나는 내 생각에 확신을 갖기 위한 정보를 얻기 위해 당신을 찾은 거야."

"……"

한유리는 말을 잇지 못하고 연거푸 위스키를 마셨다.

바텐더는 그녀의 잔에 술을 채워 주기 바빴다.

그나마 다행인 것은 한유리가 여행자라는 점이다.

만약 그녀가 여행자가 아닌 상황에서 독한 위스키를 지금처럼 마셨다가는 순식간에 인사불성이 되어 버렸을 것이다.

우웅- 우웅-

휴대폰에서 울리는 진동음에 도착한 메시지를 확인했다.

[피해자 중에서 사망 시간의 확인이 가능했던 이들의 리스트야.]

발신인은 스텐이었다.

재빨리 파일을 확인하니, 처음 보는 사람들의 이름과 함께 그들이 소멸자가 된 날짜와 시간이 적혀 있었다.

모두 스텐이 과거 추적 스킬을 통해 알아낸 것이었다.

"……그래서 당신이 내게 묻고 싶은 게 뭔데요?"

잠깐 사이 목소리가 잠긴 한유리가 입을 열었다.

"내가 말하는 날짜의 시간에 이승우가 어디에 있었는지를 확인해 줬으면 해."

만약 스텐이 확인한 날짜의 시간에 이승우의 행적이 묘연하다면, 난 그가 하운드라는 사실에 더 확신을 가질 수밖에 없다.

물론 알리바이가 확인된다고 해서 의심이 한순간에 사라지는 것은 아니지만 말이다.

"그것만 확인해 주면 되는 거예요? 그런데 만약에……정말 만약이지만……."

입술을 질끈 깨무는 한유리.

여행자라고 해도 근본이 사람이라는 것은 변하지 않는다.

당연히 머릿속에 최악의 상황에 관한 상상이 떠오를 수밖에 없을 것이다.

잠시 호흡을 가다듬던 그녀가 말했다.

"좋아요. 대신 당신이 추론한 결과에 대한 것은 알려 줘야 해요. 그렇지 않으면 돕지 않겠어요."

"그렇게 하지."

스텐과 비슷한 조건이었기에 바로 그녀의 조건을 수락했다.

"그럼, 확인하고 싶은 날짜와 시간을 알려 줘요."

"바로 확인이 가능하다는 건가?"

"당신은 소속된 곳이 없기 때문에 모르겠지만, 단체 소속의 여행자는 대부분 자신의 스케줄 표를 공유하고 움직여요. 우리가 가진 힘은 언제 터질지 모르는 폭탄 같은 거니까."

"최소한의 안전장치 같은 것을 둔다는 거군. 하지만 스케줄 표를 허위로 작성하면 쓸모가 없을 텐데?"

"그건 걱정하지 않아도 돼요. 스케줄 작성은 우리가 하는 게 아니라 착용하고 있는 아이템을 통해 공유되는 거니까."

"아이템?"

한유리가 말없이 자신의 손목을 앞으로 내밀었다.

그녀의 손목에는 푸른빛의 팔찌가 채워져 있었다.

팔찌에 손을 올리니, 아이템 정보가 눈앞에 떠올랐다.

〈각인의 팔찌〉

종류: 팔찌

등급: B-

내구도: 83/100

설명: 1시간에 한 번씩 자신이 존재하는 위치가 각인서에 자동으로 공유됩니다.

해당 효과는 아이템이 파괴되기 전까지 반영구적으로 적용됩니다.

사용 방법: 팔찌를 착용하고 활성화라고 시전어를 외치며 됩니다.

주의 사항: 해당 상품은 내구도가 존재하는 물건으로 내구도가 0이 될 경우 자동으로 파괴되며, 적용된 효과는 그 순간 사라집니다.

단, 해당 아이템이 파괴되어도 각인서에 남은 기록은 유지됩니다.

"각인서는 이 팔찌랑 세트가 되는 아이템이에요. 각인서에 각인을 하고 이 팔찌를 차고 있으면, 자동으로 자신의 위치가 그곳에 기록되고 있어요."

한유리는 별것 아닌 것처럼 말했지만, 내가 보기에는 GPS가 내장되어 있는 전자발찌와 다를 게 하나도 없었다.

Chapter 169. 인연은 악연으로

그 마음이 담긴 시선을 느낀 것일까?

"뭐, 그렇게 이상하게 볼 필요는 없어요. 위치라고 해도 반경 50km 정도를 기준으로 표시되니까. 사실상 이것만 가지고는 찾을 수 없거든요. 뭐, 거리는 사람마다 다르지만. 어찌 됐든 하운드에게 당한 여행자들은 대부분 외국인 여행자였으니까, 그 날짜에 이승우가 한국에 있었다는 것만 증면되면 의심이 풀릴 거 아니에요?"

한유리의 지적이 맞았다.

스텐이 보낸 다섯 명의 여행자는 모두 외국인이었다.

따라서 그 날짜에 이승우가 한국에 있었다면, 모든 혐의는 풀리게 된다.

"그래. 그럼 부탁할게."

확인이 필요한 날짜와 지역을 한유리에게 넘겼다.

그러자 한유리가 잠시 바라보더니 곧장 휴대폰을 꺼내 뭔가를 검색하기 시작했다.

그렇게 얼마의 시간이 흘렀을까?

집중해서 휴대폰을 살피던 한유리가 한숨을 토해 냈다.

"후우."

"확인이 된 건가?"

"당신이 말한 시점에 이승우는 모두 한국에 있었어요. 그러니까 다시 말해서 이승우는 하운드가 될 수 없다는 거죠."

"그거 진짜야?"

이승우와 한유리는 같은 집단 소속이다.

혹시라도 한유리가 이승우의 잘못을 덮어 줄 수도 있는 노릇이었다.

한유리가 인상을 팍 찌푸리고는 말했다.

"그렇게 의심할 거면 왜 나한테 물었어요? 아무리 그 녀석이 나랑 같은 소속이라고 해도, 공과 사는 확실해요. 더욱이 이 정도의 사건을 덮어 줄 만큼 내가 바보처럼 보여요?"

하지만 사람의 말이란 상황에 따라서 언제든 거짓을 담을 수 있다.

그렇기 때문에 진실과 거짓 스킬을 통해 한유리를 살폈다.

그녀의 몸에서는 푸른 기운이 뿜어져 나오고 있었다.

지금의 말이 진실이라는 소리였다.

조금은 미안한 마음이 들었다.

"미안, 사과하지."

"흥."

콧김을 뿜는 한유리의 모습에 잠시 시선을 돌려 바텐더 쪽에 설치된 모니터를 쳐다봤다.

'응?'

때마침 모니터에서는 뉴스가 흘러나오고 있었는데, 장소는 로마의 베네치아 광장이었다.

그리고 순간적이지만 아나운서의 뒤쪽을 스쳐 지나간 사람.

'저 사람이 왜 저기 있는 거야?'

당황스럽기는 하지만 모니터에 순간적으로 스쳐 간 사람은 분명 이승우였다.

과연 이게 우연의 일치일까?

아니면, 운명이라고 할 수 있을까?

급히 한유리에게 물었다.

"혹시 지금 이승우 어디에 있는지 알려 줄 수 있어?"

"갑자기 그건 어……."

"당장!"

갑작스러운 외침에 당황한 한유리가 다시금 인상을 쓰더니 휴대폰을 확인하고 말했다.

"지금 부산 근처에 있는데요? 근데 갑자기 그건 왜 확인하는 거예요?"

"부산이라……."

헛웃음이 흘러나왔다.

그럼 방금 전 내가 본 사람은 누구일까?

착각?

내가 여행자가 아니라면 착각이라고 느낄 수도 있다.

하지만 아직도 내 머릿속에는 조금 전 모니터에서 봤던 장면이 그대로 각인되어 있다.

그리고 거기서 본 사람은 분명 내가 아는 이승우가 맞았다.

"각인의 팔찌 말이야."

"응?"

"한 번 착용하면 풀 수 없는 건가?"

"그럴 리가요. 당연히 풀 수 있죠. 근데 풀게 되면 그것 또한 각인서에 남아요. 그리고 이승우에 관한 기록은……."

"당연히 풀었다는 기록이 남아 있지 않겠지."

한유리가 이상하다는 듯 날 쳐다봤다.

"근데 왜 그런 표정을 짓고 있는 거예요?"

슥—

고개를 돌려 한유리를 쳐다봤다.

"만약 이승우가 하운드라고 치자. 그럼 각인서와 팔찌에 관한 대책을 만들지 않았을까? 혹시 오늘처럼 누군가 자신을 조사할 수도 있는데, 그 정도나 되는 인물이 아무 조치도 취하지 않았을 것 같아?"

"당신 진짜!"

"조금 전 모니터에서 이승우를 봤다."

화를 내려던 한유리가 눈을 깜박였다.

"뭐예요?"

"생방송이었고 장소는 로마의 베네치아 광장. 그곳에서 이승우의 모습을 봤는데, 너는 뭐라고 했지? 부산이라고 하지 않았나?"

"다, 당연히……."

"각인서에 기록이 없으니 내가 착각을 하거나 잘못 봤을 거라고?"

때로는 백 마디 말보다 물증이 필요할 때가 있다.

휴대폰을 이용해서 유튜브에 접속했다.

요즘은 방송이 끝나면, 당사의 홈페이지나 유튜브를 통해 다시보기가 가능하다.

물론 돈이 들어가기는 하지만, 그 정도의 돈이야 내게는 눈만 깜짝여도 벌 수 있는 돈이다.

"……."

그렇게 내가 유튜브를 통해 방송을 보여 주자 한유리가 집중하며 액정의 화면을 쳐다봤다.

"여기."

그렇게 말을 하고 화면을 멈춘 구간.

그곳에는 분명 이승우가 있었다.

"여기가 부산은 아니지 않나?"

"어, 어떻게 이럴 수가……."

당황한 한유리는 몇 번이고 휴대폰을 확인했다.

하지만 그렇다고 바뀌는 것은 없었다.

꽉–

입술을 꽉 깨문 한유리가 곧장 휴대폰의 단축 번호를 눌렀다.

누구에게 거는지는 물어보지 않아도 바로 알 수 있었다.

우웅– 우웅–

몇 번의 신호음이 흘렀을까?

[여보세요.]

스피커를 타고 이승우의 목소리가 흘러나왔다.

"……너 지금 어디야?"

[갑자기 전화를 해서는 무슨 소리야?]

"지금 어디에 있냐고!"

[그렇게 궁금하면 각인서를 보지 그랬어? 지금 여기 부산인데.]

목소리의 떨림조차 없었다.

한유리가 다시 한 번 입술을 깨문다.

"그럼, 잠깐 만날 수 있어?"

[지금 만나자고? 흠, 그건 곤란한데. 약속이 있어서 말이야. 저녁 시간에는 괜찮을 것 같은데. 어때?]

"지금 당장 만나자고!"

[목소리 하고는. 뭐, 좋아. 그럼 어디서 만날까? 장소를 알려 주면 내가 그리로 갈게.]

대한민국에서 로마까지의 비행시간은 12시간이다.

그러니 이승우가 로마라면 지금 보는 것은 말이 되지 않는다.

전세기를 사용한다고 해도 말이다.

하지만 아이템을 사용하면 불가능도 가능하게 만들 수 있다.

'애초에 한유리가 믿던 각인의 팔찌 기능도 파훼한 녀석이다. 이 정도야 아무런 문제도 되지 않겠지.'

눈동자가 흔들리는 한유리를 향해 손을 뻗었다.

휴대폰을 내게 달라는 제스처였다.

"……"

잠시 망설이던 한유리가 내게 휴대폰을 내밀었다.

"이승우 씨."

[……이 목소리는 한정훈?]

갑작스레 내 목소리가 들리자 처음으로 당황한 것 같은 이승우의 목소리가 들린다.

"얘기를 들으니 부산이신 것 같은데, 맞습니까?"

[그런데?]

"신기하군요. 조금 전에 분명 베네치아 광장을 지나가던 분이 부산이라니."

[……뭔가 착각을 한 것 같네. 난 분명 부산에 있거든?]

"착각은 그쪽이 했겠죠. 이미 당신이 베네치아 광장에 있는 모습을 한유리 씨와 함께 확인했습니다."

[…….]

보이지는 않지만 휴대폰 너머의 이승우는 분명 당황하고 있다.

"그리고 그때 만남에서 얘기를 하지 못한 게 있는데,

당신이 죽인 제럴드 회장과 비슷한 능력을 저 역시 가지고 있습니다."

[뭐라고?]

"제가 이 시점에 나타난 게 당신이 보기에는 우연인 것 같습니까? 천만에요. 이 모든 건 미래의 당신을 내가 봤기 때문입니다."

진짜냐고?

물론 거짓말이다.

하지만 한유리마저 이승우에 관해 제대로 파악하지 못하고 있는 상황이다.

이런 상황에서 함정을 파고 이승우를 잡는다?

가능은 하겠지만 시간도 오래 걸리고 실패할 확률도 높다.

그렇다면 남은 방법은 한 가지다.

거짓과 진실을 섞어 이승우를 압박하는 것이다.

서로 직접 보고 있다면, 이런 내 거짓이 이승우에게 들킬 수도 있다.

하지만 단지 전화 통화만으로는 내 말에 섞인 거짓을 알아차릴 수는 없을 것이다.

게다가 이승우 또한 지금 상황이 이상하다는 것쯤은 모르지 않을 테니, 그로서도 압박감을 느낄 수밖에 없을 것이다.

[······이봐, 지금 뭔가 단단히 오해를 하고 있는 것 같은데.]

"아니, 이승우. 우리는 이미 당신이 하운드라는 것을 알고 있어."

[······.]

"그리고 난 지금 이 순간 당신의 정체를 다른 여행자에게 모두 알릴 거고. 레드 어스의 도움을 통해 증거는 완벽하게 잡았으니까."

스텐이 속한 여행자 집단 레드 어스까지 거론했다.

내가 가지고 있는 패의 대부분을 꺼냈다고 할 수 있다.

휴대폰에서는 잠시 동안 아무런 목소리도 흘러나오지 않았다.

그렇게 얼마의 시간이 흘렀을까?

[큭······ 크하하!]

휴대폰에서 웃음, 광소가 흘러나왔다.

그 소리에 조마조마한 심정으로 휴대폰을 바라보고 있던 한유리의 얼굴이 딱딱하게 굳어졌다.

지금 상황에서 웃음의 의미는 명백하니까.

"어, 어떻게······ 정말 이승우 네가 그 미친놈이라고?"

모르긴 몰라도 그녀는 마지막 순간까지 이승우가 하운드라는 사실을 부정하고 있었을 것이다.

당황스러운 목소리가 바로 그 증거였다.

[어쩐지, 그날 네놈을 그냥 보내는 게 아니었어. 그때 끝
장을 냈어야 했는데. 설마하니 단 한 번의 실수로 인해 일
이 이 지경이 될 줄이야. 그래, 네놈도 제럴드 그놈처럼 미
래를 볼 수 있다고? 그렇다면 발뺌을 해도 소용이 없겠지.
하지만 멍청하군. 아니, 경험이 없다고 해야 할까?]

단지 목소리지만 싸늘한 한기가 전신을 휘감았다.

꿀꺽-

나도 모르는 사이 입 안에 고인 침이 목젖을 타고 넘어갔
다.

[내 정체를 이렇게 대놓고 밝혔다는 건 그만큼 실력에 자
신이 있어서겠지? 나와 싸워서 이길 자신 말이야.]

틀린 말은 아니다.

'지금 상황에서 일대일로 붙는다면 분명 목숨을 잃는 쪽
은 내가 될 것이다.'

그날 이승우를 보고 알았다.

아직은 내가 그보다 부족하다는 사실을 말이다.

"……."

[그리고 이쪽 세상에는 말이야. 악인이라고 해도 실력만
있다면 받아 줄 녀석들이 넘쳐나거든. 다시 말해서 넌 너무
성급했어. 아! 그리고 유리. 거기서 듣고 있지?]

이승우가 한유리를 찾았다.

한유리가 대답을 하지 않았음에도 불구하고 이승우는 말을 이어 나갔다.

[잘 판단하는 게 좋을 거야. 나를 치우에서 감싸고 갈지 아니면 내치는 게 좋을지. 하지만 분명한 건 이 무신이라고 불리는 이승우가 치우에서 사라진다면, 지금 치우가 갖는 위세는 유지되지 않을 거야. 그러니 좋은 선택을 한 뒤에 연락하라고. 마지막으로 한정훈. 너는 네가 조만간 직접 찾아가도록 하지. 지금은 좀 급한 일이 있어서 말이야.]

뚜우-

그렇게 할 말을 끝낸 이승우는 전화를 끊었다.

"후우."

절로 한숨이 흘러나왔다.

어떻게 됐든 하운드의 정체는 밝혀냈다.

아니, 밝혔다기보다는 짐작이 확신으로 변한 것에 불과했다.

그렇지만 이제 더 큰 문제가 남았다.

'설마 그런 말을 할 줄은 생각지도 못했다. 확실히 녀석의 말대로 세상에는 강한 힘을 가졌다면 그게 악인이든 괴물이든 가리지 않고 받아들일 놈들이 많아. 어찌 됐든 외국의 다른 여행자가 하운드를 잡으려고 했던 것은 그가 이승

우라는 것을 알기 전이었으니까 말이야. 지금부터는 상황이 달라질 수도 있어.'

다른 여행자 집단뿐만 아니라 정작 중요한 치우의 선택도 남아 있었다.

이승우를 하운드라고 공식적으로 공표할 것인가?

그게 아니라면 지금 그 정체를 알고 있는 타인을 제거함으로 모든 것을 폐기할 것인가?

슥–

고개를 돌려 바라보는 한유리의 얼굴에는 고뇌의 빛이 떠올라 있었다.

그렇게 꽤 긴 시간이 흘렀다.

"후우."

답답한 듯 한숨을 토해 낸 한유리가 고개를 돌려 날 바라봤다.

"알고 있겠지만, 이승우는 강해. 일대일로 붙을 경우, 당신은 절대 그를 이길 수 없을 거야."

"그렇겠지."

이미 이승우라는 여행자는 무신이라는 별명을 가진 만큼 강한 사람이었다.

그런데 그것마저 자기 자신의 능력을 대외적으로 속인 상태에서의 강함이었다.

본 실력을 드러내면 얼마나 강할지 현재로서는 확신할 수 없었다.

한유리가 자신 앞의 잔을 만지작거렸다.

"과연 이런 상황에서 당신을 돕는 게 맞을까? 아니면 이 승우의 제안을 받아들이는 게 좋을까? 그쪽이라면 어떤 쪽을 선택하겠어?"

난 일말의 고민도 없이 입을 열었다.

"당연히 전자지."

"왜?"

"적어도 나는 내 편을 뒤통수치지는 않거든. 정말 중요한 건 바로 그거니까."

"……"

말없이 나를 바라보던 한유리가 다시 한숨을 내쉬었다.

"후우. 알았어. 이 일은 나 혼자 결정할 수 있는 일이 아닌 것 같으니까, 일단 우리 쪽 입장은 다음에 알려 줄게. 참, 우리 휴대폰 번호부터 교환해야지?"

또 다시 M.G를 통해 연락하면 포인트만 소모될 뿐이다.

고개를 끄덕이고 휴대폰을 꺼냈다.

그렇게 서로의 휴대폰 번호를 교환하고 난 뒤 한유리는 무거운 얼굴로 표정으로 Bar의 통로를 빠져나갔다.

한유리의 입장은 충분히 이해한다.

그녀로서도 머릿속이 복잡할 것이다.

"지금 상황에서 유리한 쪽은 그자인가."

애초에 치우가 그녀의 것도 아니니 더 윗선에서는 한유리의 말을 듣더라도 전혀 생각하지 못한 방향으로 결정을 내릴 수도 있었다.

"……그러니 나도 준비를 해야겠지."

이대로 치우만을 믿고 기다릴 수는 없었다.

스윽-

재빨리 휴대폰에 저장된 번호로 찾아 문자를 보냈다.

[하운드, 찾았다.]

우웅-

문자를 보내자마자 곧바로 전화가 걸려 왔다. 발신인은 레드 어스의 스텐이었다.

"여보세요."

[지, 진짜야? 하운드를 찾았다고? 자네 장난하는 거 아니지?]

"그래, 하지만 상대가 꽤 거물이야. 생각했던 것보다 훨씬 더 말이지."

거물도 보통 거물이 아니다.

[그건 우리 쪽에서 판단하지. 지금까지 정보를 제공했으니 당신도 약속을 지켜야지?]

당연하다.

그러기 위해서 연락을 취한 것이다.

"이승우."

[뭐?]

"무신 이승우. 그가 바로 하운드다."

[……]

휴대폰 너머로는 잠깐 동안 아무런 말도 흘러나오지 않았다.

한유리와 같은 반응이다.

"믿기 어려울 테니, 증거를 보내 주지."

[증거가 있다고?]

스텐의 반문에 조금 전 이승우와 통화했던 녹음 파일을 보내 줬다.

녹음 파일을 듣고 나서야 스텐의 입에서 탄식이 쏟아졌다.

[하아, 이런 빌어먹을. 하필 그놈이 하운드라니!]

"어떻게 할 거지?"

[뭐?]

"지금까지 세운 모든 계획은 하운드가 이승우일 경우를

상정하지 않은 상태였지. 하지만 이제는 상황이 달라졌다. 스텐, 아니 레드 어스는 이승우를 잡을 건가? 아니면 포기할 건가?"

지난 시간 동안 이승우가 이 세계에 얼마나 큰 영향력을 끼치는지 잘 알게 됐다.

그에 비해 나는 어떨까?

대외적으로 보면 KV 그룹이라는 재벌 기업을 먹은 인생 승리자라고 할 수 있다.

그러나 죽어 버리면 그 모든 게 무슨 소용이 있을까?

더욱이 여행자는 죽으면 소멸자가 되어 일반인들은 그 사람을 기억조차 못 하게 된다.

내가 사랑하는 사람, 또 날 위해 살아가던 사람 전부가 말이다.

[끄응, 일단 보스에게 보고를 먼저 하는 게 우선일 것 같군. 지금 내 선에서는 뭐라고 대답을 해 줄 수가 없어.]

잠깐의 시간이 지나고 스텐에게서 흘러나온 말은 결국 한유리와 별반 다르지가 않았다.

"스텐, 만약 조직에서 이대로 복귀하라고 한다면 너는 어떻게 할 생각이지?"

[……나로서는 조직의 명령을 거부할 수 없다. 만약 조직에서 복귀하라고 한다면, 난 로드니와 함께 본국으로 즉시

돌아가야만 해.]

이 또한 같은 수순이었다.

"알았다. 이것으로 우리 계약은 끝났다고 보면 되겠지?"

하운드를 잡는 것에 관해 스텐은 확신 어린 대답을 하지 못하고 있다.

그렇다면 하운드가 이승우라는 것을 밝혀낸 지금, 처음 그와 맺은 계약은 끝이 났다고 할 수 있다.

[좋아. 하지만 만약 우리가 하운드를 잡는다는 결론을 내린다면, 다시 손을 잡을 수 있겠지? 그렇지?]

과연 그런 결정이 나올 수 있을까?

"물론이지. 하지만 한 가지도 확실히 기억하는 게 좋을 거야."

[응?]

"너희가 이승우를 품에 안을 생각을 가진다면, 우린 적이 될 거야."

[……]

사실 고민해 보지 않았던 것은 아니다.

미래의 하운드가 날 죽인다는 것을 알고 있으니, 오히려 그와 손을 잡는 방법을 선택하면 손쉽게 죽음을 피할 수 있다.

게일 베드로가 그러했다.

하지만 사람은 첫 인상, 느낌이란 게 있고 또 그런 것들이 의외로 정확한 법이었다.

그런 면에서 볼 때 이승우는 게일 베드로와 같은 부류가 아니었다.

다시 말해 함께 어울리고 같은 편으로 살아갈 수 있는 존재가 아니라는 뜻이었다.

"그럼, 전화는 이만 끊지."

통화를 끊고 잠시 자리에 가만히 앉아 있던 나는 시선을 테이블 위로 옮겼다.

"같은 것으로 한 잔 더 주세요."

조르륵-

고개를 끄덕인 바텐더가 아무런 말 없이 빈 잔에 가득 술을 채워 줬다.

꿀꺽- 꿀꺽-

다들 처음에는 하운드가 누구인지 알면 당장이라도 잡을 것처럼 말했다.

그러나 예상 밖의 존재, 자칫 잘못 건들일 경우 피를 보는 것은 도리어 자신들이 될 것 같은 상황이 되자 조직을 핑계 삼아 몸을 사리기 시작했다.

그들의 입장을 이해하지 못하는 것은 아니지만, 쓴웃음이 절로 나올 수밖에 없었다.

"그래도 아예 방법이 없는 것은 아니지."

싸움이란 반드시 일대일로 해야 하는 것이 아니다.

만약 싸움을 일대일로 해야 하는 것이었다면, 삼국지에서 난세를 끝낸 것은 여포였을 것이며 항우가 유방에게 패하지도 않았을 것이다.

딱!

가볍게 손가락을 튕기자 M.G 게시판이 허공에 떠올랐다.

치우도 레드 어스도 믿을 수 없다.

이런 상황에서 내가 이승우를 일대일로 상대하지 않으려면, 남은 방법은 단 하나뿐이다.

[하운드의 정체에 관해 알려 드리겠습니다.]

그건 바로 이 판을 최대한 키우고 나와 같은 뜻을 가진 여행자를 찾는 것이다.

"제, 제발 살려 줘. 제······."

뿌득―

이승우는 자신의 손에 목이 부러진 로마의 여행자 바이스탄을 무심한 표정으로 바라봤다.

[포식(S) 스킬의 효과로 매의 눈(C)을 획득했습니다.]

[포식(S)의 영향으로 매의 눈(C)이 한 단계 낮은 등급인 매의 눈(D)으로 변경됩니다.]

[지금부터 600시간 동안 포식(S)을 사용할 수 없습니다.]

〈매의 눈〉

고유: Passive

등급: D

설명: 사냥꾼 에르반도의 고유 능력입니다. 피치 산의 전설적인 사냥꾼이었던 에르반도는 한 번 정한 사냥감은 절대 놓치지 않는 위대한 사냥꾼이었습니다.

그 덕분에 사냥을 좋아하는 귀족들과 왕족들은 늘 줄을 지어 에르반도 함께 사냥할 날만을 손꼽아 기다리고는 했습니다. 그러나 방탕한 생활로 인해 그 최후는 좋지 않았습니다.

효과: 시야를 집중해서 먼 거리에 있는 사물을 지근거리에 있는 것처럼 확인할 수 있습니다.

집중하는 시간이 길면 길수록 확인할 수 있는 거리가

늘어납니다.

*현재 스킬의 최대 거리는 500M입니다.

*탐식의 영향으로 인해 스킬 등급의 감소가 적용됩니다.

파스스-

동시에 바이스탄의 시체가 사막의 모래가루처럼 흩어지며 사라졌다.

평범한 사람이 봤다면, 환각 혹은 마술이라고 생각했을 장면이다.

그러나 이승우는 자주 접해 오던 광경이었다.

애초에 여행자가 소멸자가 되어 죽음을 맞이하면 바로 지금과 같은 현상이 일어나기 때문이다.

지금 이 순간부터 여행자를 제외한 모든 사람은 바이스탄과 관련된 기억을 잃게 될 것이다.

휙-

손을 흔들어 눈앞에 떠오른 수많은 메시지 창을 지워 버린 이승우가 짜증 어린 목소리로 중얼거렸다.

"젠장, 쓰레기군."

기껏 로마까지 와서 여행자 바이스탄을 노렸던 것은 그가 보유한 스킬 중 이승우가 필요했던 것이 존재했기 때문이었다.

그러나 바이스탄을 죽임으로 이승우가 얻은 스킬은 그의
입장에서는 공짜로 준다고 해도 가지지 않을 스킬이었다.

〈탐식〉

고유: Active

등급: S

설명: 용의 머리, 개의 몸, 원숭이 꼬리, 소의 발굽, 뱀의
비늘을 가진 신화적인 생물 탐이 가지고 있던 고유 능력입
니다.

하늘과 달, 별은 물론 세상 모든 것을 잡아먹으려고 했던
탐은 결국 먹을 것이 사라지자 스스로를 잡아먹고 소멸되
었다고 전해집니다.

효과: 목표로 삼은 대상이 보유한 능력 중 하나를 랜덤으
로 흡수할 수 있습니다.

단, 살아 있는 생명체의 능력은 흡수할 수 없습니다.

흡수한 능력은 본래 등급보다 한 단계 낮은 수준으로 책
정됩니다.

*현재 스킬이 최대 등급입니다. 더 이상 업그레이드할
수 없습니다.

*스킬을 사용까지 600:00시간의 대기시간이 남아 있습
니다.

184 타임룰렛 15

탐식을 다시 사용하기 위해서는 무려 24일을 기다려야 했다.

어림잡아 족히 한 달은 되는 시간.

원하는 것을 얻지 못하고 시간만 날린 이승우의 입장에 서는 짜증이 날 수밖에 없었다.

"게다가 엉뚱한 놈까지 끼어 버리고 말았으니. 쯧. 골치 아프게 됐군."

탐식의 스킬 특성상 매번 원하는 것을 취할 수는 없다.

그렇기 때문에 실패는 간혹 있어 왔고 이승우 또한 평소에는 이렇게까지 신경질을 내지 않았다.

그러나 지금은 이전과는 상황이 달랐다.

"제럴드 그놈이 마지막 순간 그런 표정을 짓던 이유가 있었군. 그놈은 놈이 가진 능력을 알고 있던 거야. 빌어먹을."

모든 것을 잃어 가는 와중에도 제럴드는 마치 자신을 비웃듯 쳐다봤다.

그때에는 그 의미를 알지 못했는데, 이제야 그 비웃음의 의미를 대강이나마 알 수 있었다.

"……설마 내가 놈에게 당하는 건 아니겠지?"

알 수 없는 기시감에 이승우가 얼굴을 일그러트렸다.

"아무래도 곧장 한국으로 돌아가야겠군."

한국은 누가 뭐라고 해도 치우의 영역이다.

치우의 뜻을 거스르거나 반항할 여행자 집단은 존재하지 않았다.

그런 치우에서 자신의 위치는 견고하다 못해 확고하다고 할 수 있었다.

설령 여행자를 죽이고 다니는 하운드가 이승우 자신이라는 사실이 밝혀진다고 해도 말이다.

"뭐, 조금은 이르지만 이런 때를 대비해 둔 방법도 있으니."

완벽한 범죄는 없다.

그건 이승우 역시 인정하는 말이었다.

그렇기 때문에 혹시 그 자신이 하운드라는 사실이 드러났을 경우 어떤 식으로 핑계를 댈지도 미리 준비를 해 놨다.

어차피 말이 갖는 힘은 죽은 놈보다는 살아 있는 놈, 그리고 더 힘이 강한 놈에게 믿음이 쏠리는 법이었다.

그렇게 이승우가 별다른 고민 없이 발걸음을 옮기려던 찰나였다.

우웅- 우웅-

휴대폰에서 흘러나오는 진동음에 새로 도착한 메시지를 확인한 이승우의 얼굴이 악마의 그것처럼 일그러졌다.

빠득—

"이런 빌어먹을 자식이!"

재빨리 M.G를 확인한 그의 눈빛에 불길이 치밀어 올랐다.

엄청난 댓글을 자랑하는 게시물 하나가 보였기 때문이었다.

그리고 그 글의 내용은 바로 하운드인 이승우의 정체를 밝히고 그 내용을 성토하는 게시물이었다.

TIME
ROULETTE
타임룰렛

Chapter 170. 치우의 결정

M.G 게시물을 올리자마자 수많은 댓글이 줄지어 달렸다.

-진짜냐? 동양의 무신 이승우가 그 하운드라고?

-이거 그냥 어그로인 것 같은데.

-아니야. 나는 가능성이 있을 것 같은데? 애초에 이승우 그놈이 어떻게 그렇게 강해질 수 있었겠어? 자기보다 약한 놈을 죽이고 스킬을 빼앗으니까 지금처럼 강해진 거지.

-듣고 보니 일리가 있는 말인 것 같은데?

-유언비어 퍼트리지 맙시다. 이승우 소속이 치우야. 만

약 이 게시물이 헛소리인 게 밝혀지면 치우에서 가만있지 않을걸?

　-야! 이승우가 얼마나 착한 여행자인데. 절대 그럴 리 없음. 그럴 리 없다고!

　-너 이승우냐?

　-아무튼 이거 어떻게 해야 하냐? 이 게시물이 거짓이면 상관없지만, 만약 진짜면? 그놈이 우리를 죽이고 스킬 빼앗으면 어떻게 해야 함? 솔직히 이승우랑 맞다이 뜨면 난 개발릴 것 같은데.

　-난 강해서 괜찮음. 덤비면 오히려 그놈이 내 손에 죽을걸?

　-허언증 환자냐?

　-야! 장난으로 얘기할 게 아니라 어찌 됐든 진실을 밝히고 대책을 강구해야 한다고! 아님 뒤지고 나서 후회할래?

　여행자라고 해서 모두 어른스러운 면을 갖춘 것은 아니다.

　많은 정착자를 겪고 다수의 기억을 가짐으로 인해 오히려 정신적으로 혼란스러워하는 이들도 많다.

　그렇기 때문에 기분이 내키는 대로 사는 여행자가 한둘이 아니었다.

설령 그게 살인과 같이 법에 위배되는 일이라 할지라도 말이다.

그걸 단적으로 알 수 있는 곳이 바로 지금 내가 살펴보고 있는 M.G였다.

"……흐음. 이 녀석들을 믿기는 힘들겠지?"

M.G에게는 하운드에게 당한 여행자의 지인들이 존재한다.

그들이 이글을 본다면 당연히 분노할 것이고 이승우를 가만두려고 하지 않을 것이다.

만약 그들이 조금이라도 이승우를 흔들어 준다면, 그건 내게 득이 되는 일이었다.

똑– 똑–

"들어오세요."

노크 소리에 문을 향해 시선을 돌리자 안으로 들어선 사람은 차태현 국장이었다.

"표정이 좋지 않으신데, 무슨 일이라도 있으십니까?"

고민이 표정에라도 드러났던 것일까?

입가에 미소를 지으며 말했다.

"아무것도 아닙니다. 그보다 오늘은 어쩐 일이세요?"

"몇 가지 보고 드릴 일이 있어서 왔습니다."

"보고요?"

"병원 쪽에 확인해 보니 곽도원 회장은 아무래도 일어나기 힘들 것 같다고 합니다."

임시 주주총회가 끝나고 곽도원 회장은 뇌출혈로 쓰러졌다.

긴급히 병원으로 후송되었지만, 워낙 고령이고 충격이 컸던 탓인지 수술 이후에도 의식 불명 상태로 입원해 있었다.

"흐음, 그렇군요. 그 때문에 언론에서 말이 많겠습니다."

아무리 죽일 놈이라고 그래도 동정할 여지가 있다면 흔들리는 게 바로 대한민국 언론이었다.

차태현 국장이 씁쓸한 표정으로 고개를 끄덕였다.

"맞습니다. 부자는 망해도 3년은 간다고 하지 않습니까? 곽도원 회장이 그리되고 아들이자 전자의 사장이었던 곽현민이 뒤를 이어 그룹 주요 계열사의 임원들을 만나고 다닌다고 합니다. 언론을 움직여 대표님을 헐뜯는 기사도 계속 내보내고 있고요."

"그분은 아직 상황 파악을 제대로 못 하고 있나 보네요."

차태현 국장은 우려를 표했지만, 오히려 나는 코웃음을 쳤다.

경영권을 장악한 내가 제일 먼저 취한 행동이 임원진의 교체인 이유는 바로 이런 상황을 막기 위해서였다.

덕분에 기존 KV 그룹의 임원진 중 상당수가 해고 통보를 받았다.

반면 부장급에 있던 실무자들을 대거 임원진으로 끌어올렸다.

그들 입장에서는 갑자기 하늘에서 황금 동아줄이 내려온 셈이었다.

"일단은 지켜보고 너무 나갔다 싶으면 제제를 하도록 하세요. 어차피 조만간 곽도원 회장의 비자금과 관련해서 조사가 있을 겁니다. 곽도원 회장이 의식 불명 상태이니, 그 친구가 대신 조사를 받게 되겠네요."

"그렇게 조치되도록 하겠습니다. 참, 희망 재단을 통해 대표님께 선물이 도착했습니다."

"선물이요?"

"백화점 붕괴 사고의 유가족 분들께서 보내신 겁니다."

"아!"

KV 그룹의 경영권이 바뀌고 백화점 붕괴 사고와 관련해서 전면 재조사가 시작되었다.

외압?

당연히 기존 KV 그룹에게 떡고물을 받아먹은 정치인들이 들고 일어났지만, 이미 그들의 비리 내역도 확보해 놓은 상황이었다.

그 자료들을 그대로 신성준 부장검사, 아니 이제 차장검사인 그에게 보내자 들고 일어나려던 정치인들은 언제 그랬냐는 듯 재빨리 몸을 사렸다.

애초에 그들에게 가장 중요한 것은 대의가 아니라 일신의 안위였다.

"재단 비서실에 연락해서 고맙다는 인사를 꼭 전해 드리라고 해 주세요. 그리고 앞으로 그런 선물은 하지 않아도 된다고 입장 표명도 진행해 주세요. 그분들의 마음만 고맙게 받겠다고요."

차태현 국장이 미소를 지으며 고개를 끄덕였다.

"그렇게 진행하도록 하겠습니다."

"참! 케빈은 제주도에서 잘 쉬고 있답니까?"

일이 마무리되고 케빈에게는 휴가를 줬다.

그간 꽁꽁 숨겨진 자료를 찾느라 제대로 잠도 못 잤기 때문에 마지막에 봤을 때는 턱 밑까지 다크서클이 내려와 있었다.

"하루가 멀다고 단톡방에 음식 사진을 올리더니, 최근에는 서핑을 배우고 있다고 하더군요. 살도 많이 붙고 얼굴도 좋아 보였습니다."

"한동안 푹 쉬게 놔두세요. 그런데 국장님도 좀 쉬셔야 하지 않겠습니까? 너무 일만 하시면 몸 상합니다."

차태현 국장 역시 케빈 못지않게 고생한 사람 중에 한 명이었다.

"전 일을 하는 게 쉬는 겁니다. 놀면 병납니다."

"하하! 그런가요?"

그렇게 한바탕 웃음을 토해 냈을 무렵.

차태현 국장이 조심스럽게 입을 열었다.

"대표님."

"말씀하세요."

"사실 오늘 이렇게 찾아온 이유는 여쭤보고 싶은 게 있어서입니다."

"……?"

"이번 대선을 어떻게 보고 계십니까?"

재벌과 정치인은 헤어지려고 해야 헤어질 수 없는 관계다.

특히 그 시점이 가장 두드러지는 때가 바로 대선이 있는 시기였다.

"대선이라……"

현 대통령인 김주훈 대통령의 임기는 이제 막바지다.

그리고 다음 대통령 후보 중 한 사람으로 손태진이 나선 상황이었다.

'이 부분은 내가 알던 미래와는 달라졌다.'

내가 경험하고 온 미래에서 손태진이 대통령 후보로 나서는 것은 이번이 아니라 그 다음 대선이었다.

하지만 예상보다 무려 5년이 빨라졌다.

'내가 KV 그룹을 무너트렸기 때문일까?'

미래가 바뀐 이유를 유추해 보자면, 현 상황으로 볼 때 가장 큰 이유는 KV 그룹이었다.

사실 케빈이 보내 준 자료를 통해서 KV 그룹이 국회의원 손진석과 손태진을 후원하고 있음은 알고 있었다.

그런데도 그들을 건들지 않았던 것은 KV 백화점 붕괴 사고와는 직접적인 관계가 없기 때문이었다.

"10위권 이내의 재벌가들은 아마 대부분 누구를 후원할지 정했을 겁니다. 언론 쪽에도 슬슬 압력이 오고 있으니까요."

"가장 강력한 후보는 누구입니까?"

"대한당의 이경수 후보입니다."

"대한당이면 대한 그룹의 지원을 받는 곳이죠?"

내 질문에 차태현 국장이 고개를 끄덕이고 다시 말을 이었다.

"그 다음으로 민노당의 김성진 후보가 이번 대선에 있어 가장 강력한 카드라고 할 수 있습니다."

"손태진은 어떻습니까?"

"예?"

내 질문에 눈을 깜박거리던 차태현 국장이 잠시 생각을 하다가 고개를 흔들었다.

"6선, 아니 7선의 손진석 의원을 아버지로 두고 있어 강력한 패를 쥐고 있는 것은 분명 맞습니다. 하지만 거기까지입니다. 초선 의원이라는 점과 젊은 대통령을 슬로건으로 내세웠던 김주훈 대통령의 지지율이 임기 막판 하락세를 기록한 것을 보면…… 아마 이번 당선은 힘들지 않을까 생각됩니다. 차라리 손진석 의원이 출마를 한다면 좀 더 가능성이 있겠죠."

지금의 판단은 오로지 차태현 국장의 생각만은 아닐 것이다.

그의 밑에도 참모진이라고 불릴 만한 사람들이 있을 테니까.

더욱이 나 또한 차태현 국장의 말이 완전히 틀렸다고 생각되지 않는다.

하지만 세상에는 늘 의외의 상황이 있기 마련이었다.

"그런데 그거 아십니까? 손태진 의원이 처음 국회의원에 출마했을 때도 대부분의 사람들은 그의 낙선을 예상했습니다. 하지만 드러난 결과로 볼 때, 당선된 건 바로 그였죠."

"……."

"그게 우연이었을까요? 아니면 실력이었을까요?"

"음, 한 가지는 확실합니다."

내가 바라보자 차태현 국장이 싱긋 웃었다.

"어떠한 결정을 내리셔도 저는 대표님을 따를 겁니다. 이미 그때 여의도에서 그렇게 마음을 먹었으니까요."

여의도는 내가 차태현 국장을 처음 만난 장소였다.

'이거 힘이 나네.'

홀로 싸우고 있다면, 절대 느끼지 못했을 감정이었다.

"고맙습니다. 그럼, 일단 손태진 후보뿐만 아니라 다른 후보들도 만나고 결정하겠습니다. 국장님께서 약속을 한번 잡아 주세요. 아! 물론 그쪽에서 거절한다면 굳이 만나 볼 생각은 없으니 무리하실 필요는 없고요."

"알겠습니다. 그럼, 약속을 잡고 다시 연락드리도록 하겠습니다."

"네, 수고하세요."

그렇게 볼일을 마친 차태현 국장이 돌아가자 내 머릿속에 손태진의 얼굴이 떠올랐다.

첫 만남은 KV 백화점 붕괴 사고였고 그 이후에는 대학교였다.

그 뒤로도 의도하든 의도하지 않았든 몇 번의 만남이 더 있었다.

하지만 이런 식의 미래가 다가올 줄은 단 한 번도 생각하지 못했다.

"대통령이라……."

손태진이 청와대의 주인이 된 모습을 상상하니, 가뜩이나 머리가 복잡한 가운데 머릿속에 여러 가지 생각이 떠올랐다.

Chapter 171. 최후의 싸움

굳게 닫힌 문.

그 문을 바라보면서 한유리는 수많은 생각에 잠겼다.

"......"

한정훈과 만나고 돌아와서 그녀는 곧장 치우의 어른들에게 이승우가 하운드라는 사실을 알렸다.

그들도 처음에는 한유리의 얘기에 강한 부정을 보였다.

그러나 이승우 스스로가 자신이 하운드라는 사실을 인정하는 녹음 파일을 듣고 나니 그녀의 말을 믿을 수밖에 없었다.

거기에 M.G에 글이 올라오면서 상황은 일파만파로 커져 갔다.

'바보 같은 사람! 그 조금을 기다리지 못해서 글을 올리다니. 일을 키워 봤자 자기한테 좋지 않다는 것은 생각 못 하나? 그게 아니면 자기를 지키기 위해서 그런 거야?'

한정훈이 원망스럽기도 했지만, 한편으로는 그의 입장도 이해가 됐다.

어찌 됐든 이승우가 하운드라는 것을 밝힌 사람은 바로 그였다.

그게 무슨 자랑거리가 아닌 이상 이승우는 분명 한정훈을 가만두지 않으려고 할 것이다.

적지 않은 세월을 함께했기 때문에 한유리는 누구보다 이승우에 관해 잘 알고 있었다.

질끈—

"……아니야. 내가 잘 알았다면, 지금까지 그 녀석이 그런 짓을 벌이고 있는데 눈치 채지 못했을 리가 없지."

한유리가 세차게 고개를 흔들었다.

그렇게 얼마의 시간이 흘렀을까?

끼이익—

굳게 닫힌 문이 열리며 십여 명이 넘는 사람들이 걸어 나왔다.

무리 중에는 정장을 입은 사람들도 있었고, 청학동에서 나온 것처럼 도포에 갓을 쓴 사람도 있었다.

제각기 다른 복장.

그러나 한 가지 공통된 점은 이들 모두가 평상시에는 평범한 사람처럼 지내지만, 사실은 여행자이자 치우회를 이끌어 가는 이들이라는 것이다.

"회주님!"

한유리가 재빨리 자리에서 일어나 그들에게 뛰어갔다.

"그래, 그래."

무리 중에서 신선처럼 흰 수염을 허리까지 늘어뜨린 노인이 고개를 끄덕이며 입을 열었다.

잠깐 사이 수십 년은 늙어 보이는 회주의 얼굴에 한유리가 입술을 깨물었다.

회의에 직접 참여하지는 못했지만, 대충 어떤 분위기였을지는 그녀도 짐작이 가능했다.

"……논의는 끝났나요?"

"어떻게든 결론은 난 것 같네."

회주의 얘기에 한유리가 재빨리 주변의 사람들을 쳐다봤다.

웃고 있는 사람은 아무도 없다.

다들 착잡한 표정을 짓고 있었다.

다시 회주에게로 시선을 고정한 한유리가 물었다.

"그래서 어떻게 처리하실 거죠?"

한유리가 떨리는 목소리로 물었다.

나올 수 있는 답은 둘 중 하나다.

이승우를 품고 가거나 혹은 버리거나.

잠깐의 침묵.

눈을 지그시 감았다가 뜬 치우의 회주가 입을 열었다.

휘이잉—

동시에 바람이 불어와 그의 수염을 거칠게 흔들었다.

"마음이 아프지만 우리는 승우 군, 그 아이를 버리기로 했네."

"아!"

한유리의 입에서 탄식이 흘러나왔다.

그가 죄를 지은 건 사실이다.

하지만 여행자 중에서 그만한 죄를 짓고 살아가는 사람 이 없는 것도 아니었다.

외국으로 조금만 눈을 돌려보면, 더욱 심한 사고를 친 여 행자는 얼마든지 있었다.

게다가 굳이 따지고 보면 일반인을 건드린 것도 아니지 않은가?

그가 건드린 존재는 어찌 됐든 자신들과 같은 여행자였 다.

"저, 정말 버리실 거예요?"

한유리가 확인하듯 다시 묻자 회주는 고개를 끄덕였다.

"비록 그 아이의 살업이 여행자에게 행해졌다고는 하나, 자신의 힘을 위해 남을 핍박하고 갈취하는 것은 선조들이 세운 이 치우가 추구하는 방향에 어긋나는 것이라네."

알고 있다.

치우의 일원인 그녀가 어찌 그 사실을 모를까?

"하지만 그러면 승우가 지금까지 치우를 위해 한 일들은요? 공이 있다면, 그 공으로 죄를 감싸 줄 수도 있는 거잖아요? 아니면 추후에 다시 공을 세워 죄를 씻을 수도 있고요!"

"그럼, 유리 양은 우리가 승우 군을 감싸야 한다고 생각하는 것인가? 그게 정녕 그대가 내린 결정이자 답이냐 묻는 것이네."

"……."

순간, 한유리는 대답하지 못했다.

사실 그녀 역시 뭐가 맞는 답인지는 알지 못했다.

버리는 게 맞는 건지 감싸는 게 맞는 건지.

한유리를 쳐다보던 회주가 안타까운 표정으로 말했다.

"유리 양."

"네, 회주님."

"만약 승우 군이 제 발로 가장 먼저 우리를 찾아와서

사실대로 말했다면, 치우에 속한 모든 이들은 그를 용서
했을 것이네."

"……."

"설령 세상 모두가 승우 군을 적이라고 여긴다 할지라
도, 그리만 했다면 치우는 끝까지 그를 지켰을 것이야."

"회주님……."

"하지만 그는 우리와는 생각이 다른 것 같네. 녀석은 이
곳의 사람들을 가족으로 생각하지 않은 것이겠지."

한유리가 고개를 돌려 주변의 사람들을 쳐다봤다.

다들 하나같이 씁쓸한 표정을 짓고 있었다.

그녀는 그제야 알 수 있었다.

이들이 느끼는 배신감은 이승우가 저지른 짓에서 기인한
것이 아니었다.

그리고 그제야 그녀도 마음 한구석에서 자신을 계속 괴
롭히는 감정의 정체를 알 수가 있었다.

"……그럼 이제 어떻게 해야 하는 거죠?"

"치우는 승우 군을 외인으로 선포하고 이 일에서 손을
뗄 것일세."

"잡아들이지는 않는다는 건가요?"

"그렇네. 그게 우리가 그에게 베풀 수 있는 마지막 배려
일 터."

이승우는 절대 그걸 배려라고 생각하지 않을 것이라는 말이 목젖까지 올라왔지만 한유리는 애써 말을 참았다.

지금 이 자리에서 그런 말을 해 봐야 쓸모가 없기 때문이었다.

대신 휴대폰을 부서져라 잡으며 한유리가 어른들을 향해 고개를 숙였다.

"……치우의 후예 한유리, 회(會)의 결정에 따르도록 하겠습니다."

❖ ❖ ❖

치우는 이승우를 추방, 자신들은 관여하지 않겠다는 입장을 M.G를 통해 표명했다.

이 말은 이승우가 하운드라는 사실을 확고히 하는 계기가 되었다.

또한, 슬금슬금 눈치를 보던 외국의 다른 여행자들이 본격적으로 움직이게 만드는 기폭제 역할이 되어 주었다.

"……그래서 레드 어스는 이승우를 잡는 쪽으로 방향을 잡았다는 거야?"

[그래, 보스의 허락이 떨어졌어. 곧 정예들이 한국으로 향할 거야. 우리뿐만 아니라 다른 집단 소속의 여행자들도

마찬가지일 테고.]

치우의 선포가 있자마자 스텐은 내게 전화를 걸어왔다.

그야말로 발 빠른 처리가 아닐 수 없다.

'다르게 생각하자면 그들도 이 일을 그만큼 중요하게 여기고 있다는 거겠지.'

잠시 생각을 하다가 스텐에게 물었다.

"갑자기 그렇게 결정한 이유가 뭐야? 단지 치우가 녀석을 감싸지 않기로 결정해서?"

[그런 것도 있지만, 결정적인 원인은 따로 있어.]

"결정적 원인?"

[후후. 이건 우리가 같은 배를 탔으니까 알려 주는 건데. 이승우가 사용하지 않고 보관하고 있는 도구가 족히 열 개는 넘는다고 하더라고.]

스텐이 말하는 도구는 우리를 시간 여행자로 만들어 준 물건을 말하는 것이다.

그나저나 혼자서 그런 도구를 10개나 넘게 보유하고 있다고?

'간단히만 생각해도 열 명이 넘는 여행자를 만들어 낼 수 있다는 말이네. 굳이 위험 부담을 안으면서까지 언제 튀어 나갈지 모르는 녀석을 받아들이는 것보다는 말 잘 듣는 새로운 녀석들을 뽑는 게 이득이겠지.'

여행자가 죽어도 도구는 사라지지 않고 남는다.

이들은 바로 그 점을 이용한 것이다.

대충 머릿속에 그림이 그려졌다.

[그래서 말인데, 혹시 이승우를 찾게 되면 우리 쪽에 가장 먼저 연락을 주는 게 어때? 그렇게만 해 주면 이승우가 보유한 도구 중에서 하나 정도는 자네에게 주겠네.]

"열 개가 넘게 있다는데 겨우 그중의 하나를 주겠다고?"

[우리 쪽 입장도 생각해 줘. 게다가 직접 전투에 참여하지 않아도 되는 조건이니 자네에게 나쁘지 않은 제안이잖아? 솔직히 자네도 이승우와 싸우는 건 껄끄러울 테니까.]

확실히 나쁘지는 않은 제안이다.

"두 개."

[끄응. 대신 우리에게만 알려 주는 조건이야. 저번처럼 M.G에 올리지 않고 말이야. 이건 약속할 수 있지?]

"그렇다면 알려 주는 즉시 1개의 도구를 넘겨. 나머지는 일이 끝나고 받기로 하지."

[으음.]

일이 끝나고 레드 어스에서 약속을 깨 버릴 수도 있다.

하지만 어찌 됐든 지금의 나는 이승우와 직접적으로 싸울 생각이 없으니, 어떤 식이로든 내게는 나쁜 조건이 아니었다.

게다가 제안을 먼저 한 쪽도 스텐이지 않은가?

[……오케이! 그렇게 하자고.]

그렇게 스텐과의 통화를 끝내고 휴대폰을 살피니, 메시지 한 통이 도착해 있었다.

[우리 잠깐 만나요.]

발신인은 다름 아닌 한유리였다.

"이번 일 때문이겠지?"

사실 그 일이 아니면 그녀가 날 보자고 할 이유도 없을 것이다.

[일전의 그 Bar에서 봅시다.]

답장을 보내고 난 뒤 자리에서 일어났다.

그렇게 막 주차장을 향해 걸음을 옮기려는 순간, 또 다시 휴대폰에서 진동음이 흘러나왔다.

우웅-

[발신자 표시 제한]

"발신자 제한이라."

떠오르는 인물은 있지만 확신할 수는 없다.

통화 버튼을 누르고 휴대폰을 귀로 가져갔다.

"여보세요."

[하하! 오랜만이야.]

전화를 건 사람은 바로 이승우였다.

"의외네. 당신이 발신자 표시 제한 같은 것으로 전화를 걸 줄은 몰랐는데."

[나도 의외야. 설마 내가 대처하기도 전에 이렇게 일방적으로 일을 벌여 나갈 줄은 몰랐거든. 아주 제대로 일을 벌였더라고?]

"……"

[그래서 자신은 있는 거겠지? 이렇게 일을 벌인 이상 나도 널 그냥 놔둘 수만은 없게 됐거든.]

긴장감에 몸에 절로 힘이 들어갔다.

"그래서 죽이겠다고?"

[그냥 죽여서야 재미가 있을까? 참! 그러고 보니 너는 가족이 있더군. 아버지도 있고 여자 친구도 있고 말이야.]

순간 서늘한 감촉이 등줄기를 훑고 지나갔다.

빠득―

"경고하지만 가족을 건들면 절대 가만있지 않을 거야."

[그런 게 무서웠으면 애초에 처음부터 날 건들지 말았어야지?]

실책이다.

이건 분명 내 잘못이었다.

설마 이승우가 가족을 거론할 줄은 생각도 못했다.

당연히 압도적인 힘을 가지고 있기에 노린다고 해도 나를 노릴 것으로 판단했다.

[난 가족도 없는 입장이라서 움직이기가 편한데, 그쪽은 어쩌려나?]

"……원하는 걸 말해."

[오늘 밤, 내가 말하는 곳으로 혼자 나오도록. 괜히 떨거지들에게 연락하지 말고. 그랬다가는 말 안 해도 알지? 그럼, 밤에 보자고.]

뚝-

그렇게 이승우는 전화를 끊었고.

콰직-

내 손에 들려 있던 휴대폰은 그대로 가루가 되어 부서졌다.

"빌어먹을!"

욕설이 절로 흘러나왔다.

실책이다.

아니, 바보 같은 실수가 맞았다.

애초에 모든 가능성을 염두에 두고 움직였어야 했다.

여행자는 이미 인간의 규격을 뛰어넘은 자였기 때문에 비겁한 수단을 쓸 수도 있다는 사실을 간과한 것이 잘못이었다.

"지금에 와서 경호팀을 붙인다고 해도 의미가 없어."

여행자를 상대할 수 있는 건 오로지 여행자뿐이다.

물론 숫자에 장사가 없으니, 총력을 기울여서 보호를 한다면 잠시지만 시간을 벌 수는 있을 것이다.

하지만 그리되면 가족에게는 뭐라고 설명해야 할까?

또 가족을 지키기 위해 희생될 그들에게는 뭐라고 변명해야 할까?

아무리 뛰어난 경호원들을 고용한다 한들, 여행자를 상대로 한다면 결국 미래의 김태수 꼴을 면치 못하게 될 것이다.

아무리 내가 여행자고, 수많은 돈으로 보상해 주려 해도 신체의 일부를 잃게 된 때에는 그 무엇으로도 갚을 수 없다.

나 때문에 저들의 미래를 망가뜨릴 수는 없는 일이다.

빠득―

의식하지 못한 사이 절로 이가 갈렸다.

"……이길 수 있을까?"

치우 혹은 레드 어스에 도움을 구할까도 생각해 봤다.

하지만 최악의 경우, 다시 말해 실패를 할 경우에는 그 뒤를 감당할 수가 없다.

하이 리스크 하이 리턴이라고들 하지만, 내게는 하이 리스크 정도가 아니라 초 하이 리스크였다.

"다른 집단을 끌어들이면 안 된다."

무조건적인 성공.

100%를 자신할 수 없기 때문이다.

그렇다면 이승우의 말대로 나 혼자서 그를 만나야 한다는 것인데, 그럼 원초적인 질문이 생길 수밖에 없다.

조금 전의 중얼거림.

과연 지금의 내가 이승우와 일대일로 싸워서 이길 수 있느냐는 것이다.

아무리 머리를 굴리고 시뮬레이션을 거듭해 봐도 결과는 불(不).

지금 내가 그와 정면으로 싸운다면 백이면 백 필패였다.

"방법은 하나뿐이야."

결국, 아무리 머리를 굴려도 떠오르는 방법은 하나뿐이었다.

지금의 내가 여기까지 올 수 있게 도와줬던 물건.

룰렛을 다시 한 번 돌리는 것이다.

그리고 돌리기 전의 욕망은 오직 하나.

돈, 권력, 명예도 아닌 오로지 힘뿐이었다.

집으로 돌아와서 최혜진을 부르고 아버지와 함께 같이 저녁 식사를 먹었다.

그사이 휴대폰으로 이승우에게서 문자가 도착했다.

[그때 나랑 갔던 장소 기억하지? 9시까지 기다리지. 혹시나 해서 말하지만, 바보 같은 짓을 저질렀을 경우, 어떻게 될지는 상상에 맡기겠어.]

문자가 도착한 시간은 8시.

남은 시간은 1시간 남짓이었다.

"저 가서 과일 좀 깎아 올게요."

최혜진이 빙긋 웃으며 자리에서 일어났다.

그 모습에 고개를 끄덕이던 아버지가 슬쩍 주방을 살피다가 물었다.

"정훈아."

"네, 아버지."

"크흠. 너희 결혼은 언제 할 생각이냐?"

"예?"

갑작스레 훅 들어오는 질문.

눈을 동그랗게 뜨자 아버지가 뭘 그리 놀라냐는 얼굴을 하시며 입을 열으셨다.

"하하! 너도 내일 모레면 서른이고, 아가도 너와 동갑이지 않더냐? 그럼, 이제 슬슬 준비를 해야지."

"하, 하지만 아버지. 저 아직 군대도 안 갔다 왔는데요?"

평소 생각도 하지 않던 군대 얘기를 꺼냈다.

지금 이 순간만큼은 머릿속을 가득 메웠던 이승우의 일도 잊을 만큼 당황스러웠다.

아버지가 태연한 표정으로 말했다.

"어차피 가면 법무관으로 갈 텐데, 걱정할 게 뭐가 있더냐? 가기 전에 떡두꺼비 같은 손주 한 명쯤은 안겨 주면 이 아버지도 적적하지 않고 좋지 않겠느냐. 네가 군대에 가 있는 동안 아버지가 잘 맡아 키워 줄 테니까 말이다."

"아, 아버지?"

"이 아버지는 손자가 됐든 손녀가 됐든 아무런 상관이 없다. 누가 되도 좋으니 빨리 손주를 보고 싶구나."

쿵―

순간 주방에서 뭔가 떨어지는 소리가 들려 고개를 돌렸다.

그러자 얼굴이 시뻘겋게 달아올라 당황해하는 최혜진의 모습이 보였다.

"……그 아버지 아무래도 결혼은 아직 이른 것 같아요."

"뭐, 네 생각이 그랬다면야. 그래도 너무 늦게는 하지 말고."

"네."

순순히 대답을 했지만 마음은 복잡하기 짝이 없었다.

그 이유가 단지 결혼 때문만은 아니었다.

지금의 이런 일상과 평범함도 만약 이승우와의 만남에서 문제가 생긴다면 모두 깨져 버리게 될 것이기 때문이었다.

질끈-

'단순히 그 정도가 아니지.'

깨지는 정도가 아니다.

아버지도 최혜진도…….

차태현 국장과 케빈, 그리고 박무봉도 나라는 존재에 관해 모두 잊게 될 것이다.

다시 말해 나는 애초에 이 세상에 없었던 사람이 되는 것이다.

KV 백화점 붕괴 당시 도깨비 도사로서 사람들을 구조했던 일도.

사법 고시와 연수원 모두 수석을 차지하며 아버지를 기뻐하게 했던 일도.

KV 그룹의 회장과 임원들을 물러나게 한 일도.

그 모든 일들이 없었던 일로 돌아가는 것이다.

단지 상상이었지만, 그러한 상상만으로도 견딜 수가 없어 몸서리가 쳐졌다.

드륵–

"응? 화장실 가니?"

의자를 뒤로 빼고 일어나는 내 모습에 아버지가 물었다.

"아니요. 잠시 방에 좀 다녀올게요. 가져올게 있어서요."

그렇게 잠시 자리를 뜨고 방으로 걸음을 옮겼다.

들어선 방의 인테리어는 단출하기 그지없었다.

그나마 특이한 게 있다면 금고 정도라고나 할까?

겉으로 보기에는 평범해 보이는 금고지만, 사실은 말 그대로 겉만 그렇다.

금고의 가격은 무려 10억 원.

말 그대로 억 소리 나는 가격이다.

지문 인식과 홍채 인식, 거기에 번호 키.

3단 잠금 장치는 물론 수백 kg이 넘는 무게 때문에 정신이

제대로 박힌 도둑이라면 절대 훔칠 생각을 하지 못하는 금고다.

지문과 홍채 인식을 통해 잠금 장치를 해제한 뒤, 번호 키를 눌렀다.

삑- 삐빅-

설정한 번호를 누르자 철컥- 소리가 흘러나오며 금고의 문이 열렸다.

그렇게 열린 금고 속에는 단 하나의 물건만이 존재했다.

현금도 금괴도 통장도 아닌, 바로 룰렛이었다.

"후우."

룰렛을 꺼내 책상에 올리고는 가볍게 숨을 들이켰다.

"아무리 생각해도 지금으로서는 이 방법뿐이야."

룰렛을 돌리면 현세의 시간은 멈춘다.

다시 말해서 이번 여행에서 어떤 것을 얻느냐가 앞으로 남은 모든 일의 결과를 좌지우지할 것이다.

"정훈아 뭐 해? 나와서 과일 먹어!"

잠시 룰렛을 바라보고 있는 동안 문 밖에서 최혜진의 목소리가 들려왔다.

"금방 나갈게."

재빨리 대답을 하고는 룰렛을 바라봤다.

"어떤 방향으로 돌려야……."

이제 남은 건 여행의 목적지를 과거 또는 미래 중에서 선택하는 것이다.

지금까지 큰 힘을 얻은 것은 과거였다.

하지만 미래에서는 과거에서 바랄 수 없는 정보와 재물을 얻을 수 있다.

"정훈아!"

그렇게 다시 한 번 최혜진의 목소리가 들리는 순간.

있는 힘껏 룰렛의 레버를 잡아당겼다.

드륵–

동시에 룰렛의 판이 빠르게 회전하며 세차게 돌아가기 시작했다.

두근두근–

터질 것 같은 심장의 두근거림을 느끼면서 모든 신경을 돌아가는 판에 집중했다.

"응?"

하지만 그도 잠시.

지금까지는 단 한 번도 보지 못했던 이상한 현상이 일어났다.

"영이잖아?"

앞쪽에 존재하는 4개의 판이 빠르게 회전하다가 전부 0에서 움직임을 멈췄다.

드륵– 드르륵–

뒤이어 두 개의 판도 넘어갈 것처럼 보이다가 0에서 멈췄다.

"……설마?"

흔히 설마가 사람을 잡는다고 한다.

드륵–

결국, 남은 두 개의 판마저 0에서 멈춰 버리고 말았다.

"전부 0이라고?"

바로 그 순간 귓가로 예의 그 목소리가 들려왔다.

[누군가 당신의 여행에 간섭했습니다.]

[시스템이 일시적으로 오류를 일으켰습니다.]

[오류로 인해 당신이 방문할 세계의 시간이 멈춥니다.]

[정산의 방으로 이동하겠습니다.]

[그럼, 좋은 시간되시길.]

번쩍!

동시에 익숙한 하얀빛이 햇빛처럼 전신으로 쏟아졌다.

재빨리 눈을 비비고 주변을 살피는 순간 당황스러움은 두 배, 아니 세 배가 넘었다.

"……대체 뭐야?"

평상시라면 나를 기다리고 있을 사람은 머천트 준 혼자였을 것이다.

하지만 늘 찾아오던 공간에는 머천트 준을 제외하고도 여러 존재들이 모여 있었다.

아이와 같은 존재도 있고, 흔히 영화에서 보던 엘프의 그것과 흡사한 생김새의 존재, 또 버섯처럼 생겨 가지고는 눈과 코, 입이 붙어 있는 녀석도 있었다.

그나마 다행인 것은 오크 같은 생김새를 가진 존재는 없다는 것일까?

"이거 꿈은 아니겠지?"

오죽 당황스러웠으면 한두 번 정산의 방을 방문한 게 아니었던 내 입에서 이런 소리가 흘러나왔을까.

"꿈이라니 섭섭하군요."

익숙한 목소리가 귓가에 들린다.

바로 준의 목소리였다.

저벅- 저벅-

가장 앞으로 걸어 나오는 준을 향해 재빨리 물었다.

"대체 이게 무슨 상황이야? 룰렛을 돌리니까 시스템 오류라는 메시지도 뜨던데. 혹시 지금 상황과 관련이 있는 거야?"

"킥킥! 그래도 머리는 제법 굴러가네."

대답은 준이 아닌 버섯처럼 생긴 존재에게서 흘러나왔다.

인상을 찌푸리자 준이 입을 열었다.

"설명하자면 깁니다. 주어진 시간이 그리 많은 것도 아니고요. 정리해서 말하면 여행을 막은 건 여기 모여 있는 우리들이 벌인 일이라고 할 수 있습니다. 그리고⋯⋯."

"그리고?"

"그렇게 한 이유는 한 가지 거래를 하기 위해서입니다."

"거래라고?"

준이 고개를 끄덕였다.

"여행자님의 상황은 잘 알고 있습니다. 지금 꽤 위험한 상황이죠?"

아무런 말도 하지 않고 준을 쳐다봤다.

'이승우와의 일을 알고 있는 걸까?'

대답을 하지 않고 있자 준이 다시 말을 이었다.

"그 위험한 상황을 해결할 수 있도록 저희가 도와 드리겠습니다."

의심스럽기 짝이 없지만, 안타깝게도 지금의 내 상황은 이것저것을 잴 수 있는 상황이 아니었다.

"후우. 대체 무슨 생각이지? 아니, 그보다 조건이 뭔데?"

어떤 도움을 줄 것인가는 궁금하지 않았다.

중요한 건 조건이다.

'갑자기 이런 상황을 만들었다면 저들에게도 무슨 문제가 있는 게 분명하니까.'

그렇게 머릿속으로 생각을 정리할 무렵, 기다렸다는 듯 준이 손가락을 튕겼다.

딱!

그러자 마치 기다렸다는 듯 숫자를 셀 수 없을 만큼 수많은 메시지 창들이 내 눈앞에 펼쳐졌다.

TIME ROULETTE
타임룰렛

Chapter 172. 위선자

[스킬(C) 고통의 분노를 대여받았습니다.]

[스킬(D) 단단함을 대여받았습니다.]

[스킬(D) 근력 상승을 대여받았습니다.]

[스킬(B) 불굴을 대여받았습니다.]

[스킬(A) 식스센스를 대여받았습니다.]

⋮

⋮

⋮

눈앞에 보이는 것은 D에서 A급에 이르는 다수의 스킬을 대여받았다는 메시지였다.

"……이게 다 뭐야?"

"소멸한 여행자들의 스킬입니다."

"뭐?"

내가 반문하자 준이 자신의 주위에 있는 이들을 쳐다봤다.

"눈치를 채셨겠지만, 이 자리에 모인 이들은 모두 저와 같은 머천트입니다. 그리고 방금 여행자 한정훈 님께서 받으신 그 스킬들은 이 머천트들이 관리하던 여행자들이 소멸하기 직전 가지고 있던 스킬들이고요."

놀랐던 얼굴의 근육이 점점 정상으로 돌아왔다. 아니, 오히려 더 심하게 경직되었다고 할 수 있다.

"이봐, 준. 대강 무슨 뜻인지는 알겠는데, 그 스킬을 왜 너희들이 가지고 있는 거지? 여행자가 소멸하면 당연히 그 스킬들도 사라지는 거 아닌가?"

"……."

준은 아무런 말을 하지 않았다.

그저 담담한 눈빛으로 나를 바라볼 뿐이었다.

그 눈빛에 떠오르는 생각이 있었다.

"소멸이 끝이 아니군."

"……."

"여행자가 소멸하고도 그 뒤에 뭔가 있는 거야. 그렇지?"

미지근한 머천트들의 반응에서 확신할 수 있었다.

지금까지는 여행자가 죽으면, 다시 말해 소멸이 되면 같은 여행자의 기억 속에만 남고 다른 이들의 기억에서는 사라진다고 알고 있었다.

하지만 그게 아니라는 느낌이 왔다.

'뭔가 밝히지 않는 내막이 있다.'

그렇기 때문에 머천트들은 여행자들이 가졌던 스킬을 보유하고 있는 것이다.

"준의 여행자라고 했죠? 그 부분에 관해서는 훗날 알 수 있을 겁니다. 지금 중요한 건 그 얘기가 아니니까. 그에 대한 궁금증은 나중에 해결하도록 하죠."

대답은 금발의 머리카락을 지닌 엘프의 입에서 흘러나왔다.

잠시 그녀를 노려보다가 준에게로 시선을 돌렸다.

"좋아, 그럼, 이 많은 스킬을 내게 왜 대여해 준 건데? 말 그대로 내 상황을 안다면 내가 아닌 녀석을 선택했어도 됐을 텐데."

"자신을 죽인 사람에게 힘을 빌려줄 사람이 어디 있을까요?"

"뭐?"

순간 머릿속에 스쳐 지나가는 생각 한 가지가 있었다.

"방금 전의 그 스킬들이 혹시 이승우에게 소멸된 여행자의 것이라는 건가?"

이승우라는 이름이 흘러나오자 자리에 모인 머천트들의 얼굴에 은은한 분노가 피어올랐다.

이 정도면 굳이 대답을 듣지 않아도 확실했다.

"그래서 대신 복수를 해 달라고 내게 이런 호의를 베푸는 거야?"

"그런 것도 있지만, 이번 일이 끝나면 한 가지 부탁할 게 있습니다."

"부탁이라……."

미끼를 덥석 물면 안 된다.

머천트들은 자신들에게 이익이 되지 않으면 움직이지 않는다.

놈들은 상인이니까.

'이 녀석들의 진짜 목적은 따로 있다. 하지만 지금 받은 스킬들이라면, 이승우와의 싸움도 해볼 만 할 거야.'

능력치 또한 스킬의 영향으로 인해 어느 정도 메울 수 있을 것이다.

부족한 것이 있다면, 본래부터 내 것이 아닌 만큼 모자란

경험의 문제였다.

"좋아. 그럼 일단 그 부탁이 뭔지 들어나 보자고."

"우리가 원하는 시간대로 가서 한 가지 물건을 가져다주면 됩니다."

"그게 끝?"

혹시나 하는 마음에 다시 물었다.

"끝입니다."

머천트 준은 담담히 말했다.

'생각했던 것보다 큰 부탁은 아닌 것 같은데?'

하지만 그렇다고 무작정 부탁을 받아들일 수는 없었다.

"알고 있는지는 모르겠지만 내 도구로는 원하는 시간대를 선택해서 갈 수 없어. 시간 선택은 랜덤이니까."

"바보 같은 여행자 녀석! 우리가 그것도 모를 것 같아? 어이, 준! 이제 남은 시간이 얼마 없다고!"

버섯 정령같이 생긴 녀석이 잔뜩 화를 내며 소리쳤다.

"그렇게 소리치지 않아도 알고 있습니다."

동시에 준이 품속에서 손바닥 크기의 시계를 꺼내 내게 던졌다.

휙—

〈타임 워치〉

종류: 시계

등급: S

내구도: 100/100

설명: 1회에 한해서 원하는 세계와 시간을 선택할 수 있습니다.

사용 방법: 시계의 홈 버튼을 누르고 원하는 세계와 시간을 설정해 주세요.

주의 사항: 타임 워치의 기능은 내구도 0이 될 경우 사용할 수 없으며, 내구도가 줄어들 경우 안전성이 떨어지게 됩니다.

또한, 해당 아이템은 이동 장소와 시간을 선택할 수 있을 뿐 직접적으로 시간 여행의 효과는 없으니 유의하시기 바랍니다.

*현재 워치의 기능을 사용할 수 없습니다.

*열람이 불가능합니다.

지금까지 단 한 번도 보지 못한 등급.

무려 S 등급의 아이템이었다.

"그 아이템을 사용하면 단 한 번이지만 여행자님의 도구를 사용해서 원하는 곳으로 갈 수 있습니다."

놀라운 효과에 자연스레 궁금증이 치밀어 올랐다.

"이런 건 얼마나 하지?"

"원한다고 해서 구매할 수 있는 아이템은 아니지만, 굳이 가격을 책정하자면 100만 포인트 정도라고 생각하시면 될 겁니다."

정말 말 그대로 어마어마한 포인트였다.

"이제 5분 남았어!"

다시금 버섯 정령의 외침이 들려왔다.

그러고 보니 정산의 방으로 이동할 때 시스템이 일시적으로 오류를 일으켰다는 메시지가 떠올랐었다.

분위기를 보면 아무래도 저 버섯 정령이 뭔가 수를 쓴 것 같았다.

"여행자님, 저희와 거래를 하시겠습니까?"

"거절하면 당연히 지금 받은 스킬들은 사라지겠지?"

"물론입니다."

"내가 이번 싸움에서 패한다면 거래를 지킬 수 없을 텐데?"

씩-

준의 입꼬리가 슬며시 올라갔다.

"저는 제 눈을 믿습니다. 여행자님은 결코 패하지 않을 겁니다."

찝찝하기는 해도 어딘지 모르게 힘이 되는 말이었다.

"좋아. 거래를 받아들이지."

어차피 내게는 지금 이상의 다른 수단이 없다고 할 수 있다.

애초에 한 번의 여행으로 이승우에 버금가는 힘을 얻을 수 있을지도 미지수였다.

"잘 생각하셨습니다."

그제야 준은 물론 다른 머천트들의 얼굴에도 만족스러운 미소가 번졌다.

"그럼, 무운을⋯⋯."

"아! 잠깐."

"⋯⋯?"

눈을 깜박거리는 준을 보며 나 또한 입꼬리를 말아 올렸다.

"이왕 이렇게 된 거 좀 더 쓰지 그래. 서로 한배를 탔으니, 포션 정도는 서비스로 줄 수 있잖아. 그렇지?"

머천트들이 무슨 수를 썼는지 모르겠지만, 어찌 됐든 이번 여행은 무효 처리가 되었다.

덕분에 난 정산의 방만 이용하고 곧장 다시 원래의 세계의 시간으로 돌아올 수 있었다.

"……그래도 막판에 꽤 괜찮은 아이템을 얻었어."

〈상급 급속 치료 알약〉

종류: 소모성

횟수: 0/1

설명: 섭취하는 동시에 사용자의 외상과 내상을 완벽하게 치유합니다.

사용 방법: 적당한 물과 함께 알약을 섭취합니다.

주의 사항: 해당 상품은 소모성으로, 횟수를 모두 사용하면 자동 소멸됩니다. 이미 목숨이 끊어진 상태에서는 해당 제품의 효과가 발동되지 않습니다.

확실히 비싼 아이템이 다르긴 다르다.

중급까지는 회복에 필요한 시간이 있었지만, 상급은 섭취함과 동시에 완전 회복이 가능한 아이템이었다.

이런 알약을 머천트에게서 무려 다섯 개나 뜯어냈다.

"후우. 그럼, 가 볼까?"

가볍게 숨을 한 차례 들이마신 뒤 방문을 열고 거실을 향해 걸어 나갔다.

그러자 아버지와 함께 과일을 먹는 최혜진의 모습이 보였다.

최혜진이 내 복장을 보고는 놀란 얼굴로 물었다.

"응? 어디 나가게?"

"잠깐 볼일이 있어서. 금방 돌아올 거야."

"그럼, 과일이라도 조금 먹고 가지."

"금방 갔다 올게. 아버지, 잠깐 다녀오겠습니다."

아버지는 별다른 말없이 고개를 끄덕였다.

"그래, 너무 늦지 말고."

"그럼요."

울컥거리는 마음을 다잡으며 미소와 함께 고개를 끄덕였다.

하지만 이 순간은 몰랐다.

그저 잠깐이라고 생각했던 시간이 그렇게 길어질 줄은 말이다.

이승우와 약속을 잡은 곳은 서울 도심이 한눈에 보이는 남산 타워였다.

내가 도착했을 때, 이승우는 유리창 너머로 비치는 서울의 야경을 지그시 내려다보고 있었다.

저벅- 저벅-

걸음 소리를 들었음에도 불구하고 이승우는 고개조차 돌리지 않고 말했다.

그는 보지 않았음에도 내가 이미 도착했음을 알고 있었다.

"왔나?"

"그래."

"목소리가 꽤 긴장한 것 같은데, 긴장 풀라고. 바로 시작할 생각은 없으니까. 그보다 이리 와서 야경이나 좀 보지 그래?"

"……."

긴장을 풀라고 해서 풀 수 있다면, 어디 그게 긴장일까?

그러나 이승우의 제안을 거절하지는 않았다.

걸음을 옮겨 그의 옆으로 다가갔다.

평소였다면 절경이라는 말이 절로 흘러나올 정도의 야경에 감탄을 터트렸겠지만, 지금은 상황이 좋지 못했다.

"멋있지 않아? 이곳에서 보면 서울은 치열함과는 참 거리가 멀어 보이는 도시야. 누구나 행복하고 또 평화로운 삶을 살아가는 사람들의 도시처럼 보이지."

"……."

"하지만 실상은 어떻지? 시간이 흐르고 정치를 한다는 사람이 아무리 바뀌어도 밑바닥에서 사는 사람들은 달라지지 않지. 현세의 지옥. 그래. 밑바닥에서 사는 사람들에게 이 도시는 한편으로는 지옥 같은 곳이지."

순간 머릿속에 대체 뭐지라는 생각이 떠올랐다.

그런 내 표정을 읽은 걸까?

이승우가 웃음을 토해 냈다.

"하하! 내가 너무 바보 같은 얘기를 했나? 하지만 말이야."

슥—

이승우가 몸을 돌려 나를 쳐다봤다.

"나는 신이 우리를 선택한 이유가 바로 그런 잘못된 것을 바로잡기 위해서라고 생각한다. 많고 많은 사람들 중에 초월적인 힘을 얻게 된 이유가 이 썩어 빠진 세상을 바꾸고 제대로 다스리기 위해서인 거지. 그런데 멍청한 여행자 놈들은 그저 자기 기분에 취해서 멋대로 살고 있어. 대의도 목표도 꿈도 없이 말이야. 난 그런 놈들을 보면 참을 수가 없다."

파스스—

동시에 미증유의 거대한 힘이 이승우의 몸에서 스멀스멀 피어올랐다.

"이봐!"

당황한 마음에 재빨리 소리를 치고는 주변을 둘러봤다.

주말의 남산 타워에는 저녁 야경을 보기 위해 몰려든 커플을 비롯해 많은 사람들이 있었다.

여기서 이승우가 힘을 방출하면, 어떤 결과가 벌어질지는 뻔했다.

그걸 아는 것일까?

악마와도 같은 표정을 지은 이승우가 입을 열었다.

"한정훈, 너는 네가 왜 선택받았다고 생각하지?"

"이승우, 멈춰!"

"아니, 그건 내가 물었던 질문의 대답이 아니다."

그와 동시에 이승우의 몸에서 맴돌던 거대한 힘이 주변으로 퍼져 나갔다.

와장창!

제일 먼저 그 힘을 감당하지 못한 남산 타워의 유리창이 산산이 깨져 나갔다.

강화 유리라는 게 무색할 정도로 허무한 최후였다.

"꺄아아!"

"으아악!"

뒤이어 누구의 것이라고 할 것 없이 사방팔방에서 남녀의 비명 소리가 울려 퍼졌다.

주륵―

나라고 해서 피해가 아주 없는 것은 아니었다.

날아든 유리 파편으로 인해 입고 있던 옷은 찢어지고, 얼굴을 비롯한 곳곳에선 유리 조각이 스쳐 지나가며 생긴 상처가 즐비했다.

　[육체 재생의 효과가 발동합니다.]

　하지만 상처 입은 육체는 시간이 흐르며 점차 아물어 가기 시작했다.

　정산의 방에서 머천트들에게 대여받은 스킬의 효과 중 하나였다.

　"호오. 육체 재생 스킬인가?"

　회복되는 내 모습을 확인한 이승우가 웃으며 말했다.

　그 모습에 속에서 분노가 치솟아 올랐다.

　"미친 새끼. 대체 무슨 짓이야?"

　"워워. 흥분하지 말자고. 어차피 여기 있는 이들과 넌 아무런 상관도 없잖아? 안 그래?"

　"그걸 지금 말이라고 해!"

　쾅!

　분노를 토하며 한 걸음 앞으로 나섰다.

　하지만 정작 이승우는 어깨를 으쓱거릴 뿐이다.

　"흐음, 확실히 이상해. 보통 여행자들은 주변이 어떻게 되든 신경을 쓰지 않는 법인데. 넌 유독 주변을 신경 쓴단 말이지. 왜 그럴까?"

"그야 당연하지. 같은 사람이니까!"

"같은 사람? 같은 사람이라고? 하하하!"

갑작스레 미친 사람처럼 이승우가 웃음을 토해 냈다.

그리고는 주변을 둘러보며 소리쳤다.

"주위를 둘러봐. 어떻게 저들과 우리가 같은 사람이라고 할 수 있지?"

이승우의 말대로 주변을 둘러봤다.

주저앉은 사람, 울고 있는 사람, 피투성이가 되어 쓰러져 있는 사람.

하나같이 공포와 두려움에 떨고 있었다.

"다들 무서워하고 있는데, 넌 어때? 지금 상황이 두렵나?"

"뭐?"

"두렵지 않겠지. 단지 분노하고 있을 뿐. 왜 그럴까? 그건 바로 네놈 역시 나와 같은 부류의 사람이기 때문이다. 우린 저런 평범한 인간이 아니라 신께 선택받은 초월한 사람이니까. 그렇기 때문에 이런 힘을 가진 거란 말이다."

손을 뻗은 이승우가 오른 주먹을 다시 불끈 쥐었다.

파아앙―

그러자 그나마 남아 있던 유리창의 조각들이 또 다시 깨지며 사방으로 흩어졌다.

"으아악!"

"사, 살려 주세요!"

"구급차! 누가 제발 구급차 좀 불러 주세요!"

또 다시 비명과 함께 울음소리가 장내를 뒤덮었다.

빠득─

그 모습에 간신히 유지하고 있던 머리의 나사가 풀려 버렸다.

"그만하라고! 이 미친 새끼야!"

이를 악물며 곧장 이승우에게로 달려들었다.

이대로 놈을 계속 지켜볼 수는 없는 일이었다.

휙!

번개처럼 뻗어 나간 오른 주먹.

복싱 세계챔피언조차 눈으로 확인할 수 없을 만큼의 빠르기다.

그러나 이승우는 가볍게 고개를 비트는 동작만으로 피해 냈다.

"제법이야. 하지만 느려."

퍽!

동시에 복부에 강력한 통증이 느껴졌다.

고개를 숙여 바라보니 어느 틈에 이승우의 주먹이 내 배에 꽂혀 있었다.

[부두 술사의 목각 인형이 피해를 대신합니다.]

"칫."

다행히 아직 부두 술사의 목각 인형 효과가 적용되는 중이었다.

허리를 곧추세우고 땅을 박차 그대로 무릎으로 놈의 턱을 노렸다.

턱은 인간의 신체에 위치한 급소 중 하나다.

이곳이 적중당하면, 인간인 이상 뇌에 충격을 받고 다리가 풀릴 수밖에 없다.

탓!

그러나 무릎 공격을 왼쪽 손으로 가볍게 막은 이승우가 오른 주먹으로 내 멱살을 잡고는 곧장 내동댕이쳐 버렸다.

[부두 술사의 목각 인형이 피해를 대신합니다.]

낙법을 펼칠 사이도 없이 바닥을 향해 몸이 내리꽂히자 또 다시 메시지가 떠올랐다.

'빌어먹을. 이렇게까지 차이가 났나?'

강하다는 건 알고 있었다.

하지만 솔직히 이 정도일 줄은 몰랐다.

정산의 방에서 수많은 스킬을 대여받을 때까지만 해도 솔직히 자신감이 있었다.

하지만 지금 보니 그건 내 오만이었다.

"동작이 깔끔한 걸 보니, 격투술 스킬은 가지고 있는 것 같은데. 그 정도로는 나한테 안 될 거야. 다른 건 없어?"

여유롭기 짝이 없는 태도.

무한한 자신감이 엿보였다.

꽉―

"⋯⋯고속 판단."

순간 모든 사물이 느려지면서 오로지 이승우만이 내 시야에 잡혔다.

〈고속 판단〉

등급: B+

설명: 비도크의 특기. 수많은 범죄를 저지르고 다양한 사건을 추리해 온 비도크는 사소한 물건 하나에서도 남들이 보지 못하는 것을 생각해 내며, 판단할 수 있습니다.

이런 특기는 숱한 위기 상황에서 그의 목숨을 살리고

훗날 최고의 사립탐정으로 명성을 떨치는 데 있어 큰 도움을 주었습니다.

효과: 시야에 닿는 주변의 사람과 사물을 파악해서 순간적으로 과거 혹은 미래에 벌어질 상황을 10.5초 동안 추측합니다.

*해당 특성은 23시간 기준으로 1회 사용할 수 있습니다.

조금 전과 달리 이승우에게 달려들자 그의 동작이 훤히 보였다.

마치 주변이 멈춘 세상에서 오로지 나만이 움직이고 있는 느낌이다.

파박!

회심의 미소를 짓고 놈의 얼굴을 향해 주먹을 연달아 찔러 넣었다.

"……어떻게?"

하지만 황당한 것은 바로 그 다음이었다.

분명 이승우의 동작을 보고 공격을 퍼부었음에도 불구하고, 녀석은 한 대의 공격도 허용하지 않고 모두 피해 버렸다.

단 몇 초.

하지만 그 짧은 사이 십여 번이 넘는 공격을 이승우는 모두 피해 냈고, 오히려 당황한 내가 뒤로 물러섰다.

"고속 판단인가? 잘도 그런 희귀한 스킬을 얻었네. 하지만 그래도 그 정도로는 안 되지."

안 되지라는 말이 끝나기 무섭게 이승우의 모습이 흐릿해지더니 내 앞에 나타났다.

재빨리 가드를 올리려고 했지만, 이승우의 난타가 그보다 배는 빨랐다.

[부두 술사의 목각 인형이 피해를 대신합니다.]
[부두 술사의 목각 인형이 피해를 대신합니다.]
⋮
⋮
[부두 술사의 목각 인형이 파괴되었습니다.]

퍼벅! 퍽!

"으윽."

부두 술사의 목각 인형이 파괴된 순간, 전신으로 고통이 밀려 들어왔다.

무차별한 폭행에 앙다문 입술이 벌어지며 신음이 흘러나왔다.

콰직- 뽀각!

시원한 뼈 울림소리가 아니라 뼈들이 어긋나며 부러지는

소리가 들렸다.

휘릭−

몸을 반 바퀴 회전한 이승우가 그대로 오른발로 내 가슴을 걸어찼다.

빠각!

"크어억."

결국 참고 있던 비명과 함께 선혈이 입 밖으로 토해져 나왔다.

두득− 우두득−

이승우가 목을 좌우로 움직이며 말했다.

"그래도 몸풀기 정도는 되네. 생각보다는 별로지만 말이야."

만신창이가 되어 버린 내게 시선을 돌린 이승우가 고개를 한쪽으로 돌렸다.

그곳에는 쓰러져 있는 남자와 그 곁으로 장난감 자동차를 들고 서 있는 사내아이가 있었다.

이제 다섯 살이나 되었을까?

순간적으로 이승우와 눈이 마주친 아이가 저도 모르게 반사적으로 입술을 달싹거렸다

"괴, 괴물⋯⋯."

"뭐? 괴물? 내가 괴물이라고?"

괴물이라는 소리에 이승우의 안색이 변했다.

공간을 도약하듯, 순간적으로 사내아이 앞에 나타난 이승우가 말했다.

"아이야, 다시 말해 보렴. 지금 날 보고 괴물이라고?"

"히끅…… 으아앙!"

이승우가 갑자기 다가오자 놀란 아이가 딸꾹질과 함께 울음을 터트렸다.

아이의 울음에 쓰러져 있던 남자가 움찔거리며 이승우의 발을 잡았다.

"쿨럭……죄, 죄송합니다. 제, 제발…….."

뭐가 죄송하다는 것일까?

아니, 죄송할 것은 없다.

단지 남자는 본능적으로 위험을 느끼고 그저 사과를 내뱉은 것이다.

오로지 자신의 아이를 위해서.

그러나 이승우는 귀찮다는 듯 그대로 남자를 발로 걷어차 버렸다.

신음조차 흘리지 못하고 날아간 남자는 뒤쪽의 의자 더미에 처박혔다.

이승우가 아이를 보며 말했다.

"말해. 나보고 괴물 같다고 했니?"

"으아앙!"

분노 어린 음성.

그리고 당장 닥쳐온 공포에 아이가 할 수 있는 일은 우는 것뿐이었다.

'저 자식은 정신병자다. 아니 완전히 미친놈이야.'

이대로 시간이 계속 흐르면, 얼마나 많은 피해자가 나올지 알 수 없다.

와득–

재빨리 타임 포켓에서 상급 급속 치료 알약을 꺼내 삼켰다.

[육체가 완벽히 회복되었습니다.]

그러자 스킬의 효과로 서서히 회복되던 몸이 단숨에 정상이 되었다.

그와 함께 내 분노 역시 절정으로 치달았다.

"이 미친 새끼야! 그만해!"

TIME ROULETTE
타임룰렛

Chapter 173. 끝 그리고 새로운 시작?

[스킬 초음속을 사용합니다.]

[스킬 초상비를 사용합니다.]

[스킬 거리 속임수를 사용합니다.]

⋮

⋮

[다수의 스킬 효과가 중첩됩니다.]

[지금 즉시 스킬의 효과를 멈추지 않으면 육체가 붕괴될
수 있습니다.]

이름은 거창해 보이지만 해당 스킬의 등급은 C 등급이다.

하지만 C 등급임에도 불구하고 이 스킬들은 그 효과를 중첩해서 사용할 수 있다.

물론 그 대가는 오로지 내가 감당해야 되지만 말이다.

팟!

눈 한 번 깜짝한 사이 이승우의 모습이 내 코앞에 보였다.

이때만큼은 이승우 역시 당황한 것인지 처음으로 그의 표정이 일그러졌다.

하지만 그도 잠시였다.

마치 재미난 생각이 떠올랐는지 이승우의 시선이 다시 아이를 향했다.

"아직 숨겨 놓은 수가 있었군. 아주 좋아! 그런데 말이야. 내가 이렇게 나오면 넌 어쩌려나?"

툭-

이승우의 입장에서는 그저 툭이었을 것이다.

하지만 당하는 아이의 입장에서는 아니었다.

"으아아! 아빠!"

비명을 내지른 아이의 몸이 붕 떠오르더니 곧장 깨져 버린 유리창 너머로 튕겨져 나갔다.

남산 타워의 높이는 236.7m.

이 중 탑신은 135.7m이고 첨탑은 101m다.

다시 말해서 지금 유리창 너머로 튕겨져 나간 아이는 100m 상공에서 떨어진 것이다.

상식적으로 생각해서, 사람 혹은 날개가 없는 동물이 이런 곳에서 떨어져서는 살아날 가능성이 없다.

천운이 돕는다고 해도 반신불수 혹은 식물인간 정도가 최선일 것이다.

부르르–

"개자식!"

이승우의 얼굴을 향해 내뻗던 주먹을 억지로 회수하고는 곧장 아이가 날아간 방향으로 몸을 돌리며 땅을 박찼다.

'……늦었다.'

온갖 속도 관련 스킬을 사용한 덕분에 지금의 내 육체는 인간이 낼 수 없는 스피드로 움직일 수 있다.

하지만 그럼에도 불구하고 아이가 유리창 너머로 튕겨지기 직전 잡을 수가 없었다.

'어떻게 해야 하지?'

찰나의 순간 수많은 생각이 머릿속에 스쳐 지나갔다.

육체를 강화해 주는 스킬을 다수 대여받았다고 해도 애초에 낮은 등급의 스킬.

그마저도 과도하게 사용한 나머지 육체에 무리가 오고 있다.

또한 아무리 나라고 해도 100m가 넘는 높이에서 떨어진다면 몸이 무사할 리가 없다.

"……그래도 눈앞에서 그냥 지켜볼 수만은 없잖아."

탓!

망설임을 접고 그대로 깨진 유리창을 향해 몸을 날렸다.

보이는 것은 오로지 아이의 모습뿐이다.

손을 뻗어 재빨리 아이를 낚아채고 가슴으로 안았다.

아이는 지금 상황이 어떤 것인지도 모르고 여전히 눈물을 흘리고 있었다.

"……자, 이제 어떻게 할까."

사실 여유 있게 생각할 시간은 없다.

100m라고는 하지만 나와 아이의 몸무게를 생각해 볼때, 낙하까지 걸리는 시간은 길어 봐야 2~3초에 불과했다.

"정말 이걸 녀석들한테 안 뜯어냈으면 어쩔 뻔했어?"

한 손으로는 아이를 안고 다른 한 손으로 포켓에서 상급 급속 치료 알약을 꺼내 이빨에 끼워 넣었다.

그리고 바로 그 순간.

쿵!

거대한 소리와 함께 생전 느껴 보지 못한 통증이 전신에 퍼졌다.

"끄으."

온몸의 뼈란 뼈는 모두 부서진 느낌이다.

그나마 다행인 것은 입은 움직일 정도가 된다는 것이다.

애써 정신을 집중하고 덜덜거리는 입을 앙다물었다.

[육체가 모두 회복되었습니다.]

역시 비싼 값을 한다.

전신에서 느껴지는 고통이 모두 사라지고 활력이 치솟아
올랐다.

"혀, 형아. 괜찮아요?"

뒤늦게 상황을 파악한 아이가 고사리 같은 손으로 눈물
을 닦으며 내게 물었다.

그 모습에 입가에 미소가 지어졌다.

'이러니 내가 위험해도 몸을 날릴 수밖에 없다니까.'

괜찮다는 것을 알리기 위해 막 아이의 머리카락을 쓰다
듬어 주려던 순간, 거대한 힘이 느껴졌다.

힘의 주인은 바로 이승우였다.

"어이. 죽어 버린 건 아니지?"

아쉬움이 담긴 목소리는 맞다.

하지만 그 아쉬움이란 게 재미난 장난감이 벌써 사라진

것은 아닐까라는 생각에서 오는 목소리였다.

'이대로는 못 이긴다. 한 번, 단 한 번의 기회를 노리는 수밖에 없어.'

마음을 굳게 먹고 아이를 향해 최대한 앓는 목소리로 말했다.

"……형은 괜찮으니까 잠깐 저리로 가 있을래?"

"네!"

다행히 아이는 말을 알아듣고 재빨리 멀리 떨어졌다.

그 모습을 확인하고 여전히 누운 자세로 이승우에게 말했다.

"……대체 원하는 게 뭐지? 힘? 아님 권력?"

"둘 다 아니야. 이미 가지고 있는데, 그게 무슨 필요가 있겠어?"

"뭐?"

내 반문에 이승우가 피식 웃는다.

"내가 원하는 건 정화다. 악취가 나는 녀석들을 모조리 정리해 버리는 거지. 그리고 선택받은 사람들만으로 이 세상을 살아가는 거다. 하지만 아무리 말해도 치우의 그 늙은 이들은 내 뜻을 이해하지 못하더군."

"너……."

"마음 같아서는 나 혼자 이 세상을 뒤집어 버리고 싶지만,

아무리 내가 뛰어나도 혼자서 저 많은 인간들을 죽여 버릴 수는 없단 말이야. 귀찮기도 하고. 그래서 도와줄 사람이 필요한데. 한정훈, 네가 날 도와라. 너라면 나와 함께할 만한 자격을 가졌다."

사실 여행자 중에는 미친놈들이 많다.

힘을 얻게 된 계기가 어떤 정신적 성숙함이 뒤따랐기 때문이 아니다.

그저 우연히 계기가 되어 이 모든 것을 얻었을 뿐이다.

그러니 이승우 같은 미친놈이 있는 것도 이해는 한다.

다만 이해를 하는 것과 따르는 것은 별개의 얘기다.

그리고 의외로 지금 상황은 오히려 내게 기회라고 할 수 있었다.

"……내가 돕는다면 뭘 줄 거지?"

"응?"

"인정할 건 인정해야겠지. 지금의 나는 널 결코 이길 수 없다. 그렇다고 이렇게 개죽음을 당하고 싶지도 않고. 이대로 내가 죽어 버리면, 누가 날 기억하겠어?"

이승우가 날 지그시 바라본다.

'설마 이 녀석 진실과 거짓 같은 스킬이 있는 건 아니겠지?

만약 그렇다면 지금의 내 작전은 실패한다.

두근두근—

미칠 것 같은 심장의 두근거림이 귓가에 천둥처럼 들렸다

그렇게 얼마의 시간이 흘렀을까?

"하하하! 잘 생각했어. 그래, 이렇게 여기서 개죽음을 당할 필요는 없지. 원하는 게 뭐야? 돈? 여자? 권력? 아! 원한다면 황제를 만들어 줄 수도 있는데, 어때? 말만 하면 모든지 해 주지."

이승우는 그야말로 사람이라면 누구나 혹할 만한 것들을 줄지어 말했다.

"좋아, 그럼 앞으로 내가 해야 할 일은?"

"어렵지 않아. 내게 충성하고 시키는 일을 하는 거지. 아까 말한 것처럼 정화가 필요한 녀석들한테 벌을 내리면 되는 아주 간단한 일이야."

이승우의 말에 미약하게 고개를 끄덕였다.

몇 번을 생각해도 이 녀석은 미친 녀석이다.

물론 이승우가 이렇게 된 것에는 다른 이유가 있을 수도 있다.

하지만 이유가 있다고 해서 죄가 정당화될 수는 없는 것이다.

"……그렇군. 근데 혹시 치료약 없나?"

"치료약?"

"보는 것처럼 몸이 엉망이어서 말이야. 그나마 내가 가지고 있던 치료약은 아까 모두 사용했거든."

이승우가 이해한다는 듯 고개를 끄덕였다.

"하긴 아직 네 정도 수준으로 최상급 치료약을 사는 건 무리였겠지. 좋아. 날 따른다는데 이 정도는 해 줘야지."

이승우가 누워 있는 날 향해 걸어왔다.

그 모습을 보며 심호흡을 했다.

기회는 오로지 한 번이다.

저벅– 저벅–

그렇게 내 시야에 이승우가 완벽하게 들어온 그 순간, 번개처럼 몸을 일으켜 급소라고 할 수 있는 목젖을 향해 손을 찔러 넣었다.

탓!

하지만 바로 코앞.

1cm 정도를 남기고 내 공격은 막히고 말았다.

씩–

그리고 이어지는 비릿한 웃음.

"하하! 다친 사람치고는 숨소리가 너무 멀쩡하던데?"

우드득!

그와 함께 이승우가 내 오른손을 잡은 그대로 으스러트려 버렸다.

생뼈가 모두 산산조각 나는 느낌에 순간 정신이 나갈 버
릴 것 같았지만, 난 비명을 내지르지 않았다.

대신 오히려 몸을 더 밀착시키며 왼손으로 마고 할배에
게 받은 청동 단검을 꺼내 그대로 이승우의 옆구리에 찔러
넣었다.

"······닥치고 이거나 먹어!"

[호신 강기(A)가 당신의 공격을 차단합니다.]

'호신 강기라고? 빌어먹을. 이대로 실패인가······.'

회심의 일격에도 불구하고 눈앞의 떠오른 메시지의 내용
에 이제 끝이라는 생각이 들 때였다.

[청동 단검(측정 불가)의 특수 효과 '악의 심판자'가 사
용자의 특성 용기와 반응합니다.]

[대상이 되는 악인이 보유한 모든 스킬 효과를 5초 동안
해제합니다.]

"뭐?"

당황하는 이승우의 목소리.

그리고 그걸 바라보는 나는 지금이 바로 내게 주어진 마지막 기회라는 것을 알았다.

"으아아!"

비명과도 같은 기합을 내지르며 청동 단검을 그대로 놈의 옆구리에 쑤셔 박았다.

"크억!"

이승우가 비명을 토하며 양손으로 그대로 날 밀어 버렸다.

태산과도 같은 힘에 버틸 생각도 하지 못하고 내 몸은 그대로 종잇장처럼 밀려났다.

"……이 개자식이!"

악인처럼 일그러진 이승우의 얼굴을 보니 처음으로 입가에 미소가 걸렸다.

"그렇게 착하게 살지 그랬냐. 그럼 이렇게 칼 맞을 일은 없었을 것 아니야?"

"죽여 버리겠다."

분노로 이글거리는 이승우가 상급 알약으로 보이는 아이템을 꺼내 입에 털어 넣었다.

"이, 이게 뭐야?"

하지만 상황은 이승우의 생각처럼 흘러가지 않았다.

알약을 먹었음에도 여전히 옆구리에서 피가 계속 흘러나

오고 있었다.

당황한 이승우가 청동 단검을 뽑아내기 위해 손을 뻗었다.

파지직!

그러자 강력한 스파크가 튀어 오르며 이승우의 손길을 거부했다.

"아, 안 돼!"

어떤 메시지라도 떠오른 것일까?

이승우의 손에 조금 전과 비슷해 보이는 알약 수십 개가 생겨났다.

우걱- 우걱

동시에 이승우는 물도 없이 그 알약을 입으로 밀어 넣고 씹었다.

하지만 그럼에도 불구하고 피는 여전히 멈추지 않고 흘러내렸다.

털썩-

이윽고 이승우의 오른쪽 무릎이 바닥을 향해 굽혀졌다.

"대체 뭐가 어떻게 된 거지?"

"여행자님의 승리라는 거죠."

난데없이 들리는 친근한 목소리에 고개를 돌렸다.

놀랍게도 그곳에는 정산의 방에 있어야 할 머천트 준이

서 있었다.

"너, 너 어떻게……."

"왜 여기에 있냐고요? 그야 여행자님의 승리를 축하해
드리기 위해서입니다."

"뭐?"

머천트 준이 특유의 미소를 지었다.

"사실 여차하면 여행자님을 데리고 도망가려고 했습니
다. 그런데 생각보다 너무 잘해 주셔서 지금 전 엄청 놀라
고 있는 중입니다."

"……너 내가 이길 거라고 생각했다며?"

"제가 그랬던가요? 혹시 문서로 만드셨는지?"

"……."

욱하려는 마음을 애써 참아 내며 머천트 준을 쳐다봤다.

정산의 방과 다름이 없는 모습이다.

그런데 대체 이 녀석이 여긴 왜 온 것일까?

정말 날 위해서일까?

"악의 심판자, 악인이 저 스킬에 당하면 게임은 끝이 났
다고 봐야 합니다. 저 스킬에 당한 상처는 그 어떤 약으로
도 치료할 수 없으니까요. 설령 그게 아주 값비싼 치료약이
라고 해도 말이죠."

준의 설명에 지금 이승우의 상황이 이해가 됐다.

이승우는 바닥에 떨어진 알약까지 주워 먹고 있었지만, 상황은 점점 나빠지고 있었다.

"그래서 치료약을 아무리 먹어도 소용이 없는 건가?"

"네, 그렇습니다. 물론 방법이 없는 건 아닙니다. 뉘우치면 됩니다."

"응?"

"해당 스킬은 악인에게만 통합니다. 그러니까 악인이 아니게 되면 치료약의 효과도 볼 수 있을 겁니다. 문제는 그게 쉽지 않다는 거죠."

분노로 인해 날 죽일 듯 바라보고 있는 이승우의 눈길을 보니, 준의 말을 더욱 쉽게 이해할 수가 있었다.

"그나저나 어찌 됐든 상황이 이렇게 됐으니, 이제 여행자님도 저희 부탁을 들어주셨으면 합니다."

"아! 너희들이 지정한 세상으로 가서 원하는 물건을 가져다 달라고 했지? 좋아, 어딘데?"

이승우가 저렇게 된 마당에 여행 한 번 떠나는 게 뭐가 어려울까?

지금의 마음으로는 그보다 더 어려운 부탁이라고 해도 흔쾌히 머천트 준의 부탁을 들어줄 수 있었다.

"판데모니움, 제국력 1124년 5월 14일. 가져와야 할 물건은 신의 서약서입니다."

"……뭐라고?"

순간 내 귀를 의심했다.

지금 이 녀석이 뭐라고 하는 거야?

판데모니움은 뭐고 제국력에 신의 서약서는 또 무슨 말이란 말인가?

무슨 판타지 세상도 아니……

"잠깐만. 판타지? 설마 아니지?"

당황스러운 내 음성에 머천트 준이 입가의 미소를 지우고 말했다.

"판데모니움, 제국력 1124년 5월 14일. 가져와야 할 물건은 신의 서약서이며, 물건을 구할 때까지 여행자님께서는 다시 이 세계로 복귀할 수 없습니다."

"무슨 그런 말도 안 되……."

그 순간 타임 포켓에서 은은한 빛이 뿜어져 나왔다.

바로 타임 워치였다.

[타임 워치의 제한 기능이 해제되었습니다.]

〈타임 워치〉

종류: 시계

등급: S

내구도: 100/100

설명: 1회에 한해서 원하는 세계와 시간을 선택할 수 있습니다.

사용 방법: 시계의 홈 버튼을 누르고 원하는 세계와 시간을 설정해 주세요.

주의 사항: 타임 워치의 기능은 내구도 0이 될 경우 사용할 수 없으며, 내구도가 줄어들 경우 안전성이 떨어지게 됩니다.

또한, 해당 아이템은 이동 장소와 시간을 선택할 수 있을 뿐 직접적으로 시간 여행의 효과는 없으니 유의하시기 바랍니다.

*현재 워치의 기능이 사용가능합니다.

*해당 아이템을 발동할 수 있는 존재는 '준 크리스틴' 입니다.

열람 기능이 해제되었다는 메시지와 함께 아이템의 정보를 확인하는 순간 내 얼굴은 딱딱하게 굳어졌다.

마지막 문구를 보는 순간 알 수 있었다.

이 아이템은 내가 사용하는 것이 아니라 준이 사용할 수 있는 아이템이었다.

내 모습을 확인한 머천트 준이 처음으로 고개를 숙였다.

"죄송합니다. 하지만 이 방법밖에 없었습니다. 여행자님
이라면, 당신이라면 이 지긋지긋한 신의 사슬을 끊어 줄 수
있을 거라고 말입니다. 그렇기 때문에 저와 다른 머천트들
은 모든 것을 당신에게 걸었고요."

"닥치고! 대체 무슨 소리인지 알 수 있게 말을 하라고!"

"모든 건 돌아오시는 그날 설명해 드리겠습니다. 그럼,
여행자님. 다시 뵐 때까지 부디 건강하시길."

"잠깐! 기다려! 준, 기다리라고!"

불길한 마음에 재빨리 준을 향해 손을 뻗는 순간이었다.

[일시적 오류가 수정, 시스템이 정상화되었습니다.]

[당신이 여행할 세계의 시간이 결정되었습니다.]

[그럼, 좋은 여행되시길.]

Epilogue

"……따라서 검사가 제출한 증거들을 미루어 볼 때 피고인이 도주의 범의로 현장을 이탈하였다고 판단, 특정범죄 가중처벌 등에 관한 법률 위반(도주차량) 및 도로교통법 위반(사고후미조치), 공직자에 대한 뇌물 증여 혐의를 적용. 징역 10년을 선고하는 바입니다."

재판장에 판사의 판결문이 울려 퍼졌다.

동시에 자신만만한 표정을 짓고 있던 피고 양송찬의 얼굴이 검은색으로 물들어졌다.

"1, 10년이라고?"

양송찬이 고개를 돌려 변호사를 쳐다봤다.

그러자 변호사는 입술을 다시며 고개를 내저을 뿐이었다.

양손찬의 눈에 불똥이 튀었다.

"이 개자식아! 돈만 주면 집행유예로 끝내 준다면서!"

양손찬이 버럭 소리를 내질렀다.

집행유예로 끝내 준다는 말에 변호사한테 지불한 돈만 해도 1억이 넘었다.

그런데 1년도 아니고 2년도 아닌 징역 10년을 선고받았다.

"너 이 개새끼……."

양송찬이 자신의 변호사를 향해 달려가던 순간이었다.

중저음으로 가득한 판사의 목소리가 다시금 재판장을 뒤흔들었다.

"피고, 조용히 하세요! 이어서 판결하겠습니다. 피고 윤철환. 경찰의 신분으로 총 13회에 걸쳐 2억 7천만 원에 이르는 거액의 뇌물을 수수한 것은 중대한 잘못이나 다만 초범이고 반성하는 기미가 보이는 바, 징역 4년을 선고합니다."

선고가 떨어지자 윤철환 경위는 조용히 고개를 숙였다.

반면 양송찬은 황당하다는 얼굴로 윤철환 경위와 선고를

내린 판사를 쳐다봤다.

"4년? 이 시발 놈이 처먹은 돈이 얼마인데 4년이야! 나는 시키기만 했지 일을 저지른 놈은 모두 저놈이라고! 너희들 돈 받아먹었지? 얼마 먹었어? 내가 2배, 아니 3배 줄 테니까 다시 판결해! 다시 판결하라고!"

양송찬의 고성이 재판장을 가득 메우자 금일 재판을 맡은 황정오 판사가 일그러진 얼굴로 중얼거렸다.

"마음 같아서는 확 20년은 때리고 싶은데. 그놈의 법이 뭔지……."

황정오 판사의 중얼거림에 옆에 있던 김정태 판사가 주변의 눈치를 보며 중얼거렸다.

"판사님, 기자들이 듣습니다."

"들으라고 하세요. 저런 놈은 한 20년은 썩혀 고희를 감방에서 맞이하게 해야 합니다. 아무튼 우리나라 법은 너무 가벼워요. 사람을 반병신 만들어 놓고 튄 놈한테 고작 10년밖에 구형하지 못하다니. 증거가 완벽하면 뭐합니까? 어휴."

"그, 그만하시고 들어가시죠."

김정태 판사가 어색한 웃음으로 황정오 판사의 손을 이끌었다.

물론 그 전에 재판장을 향해 외치는 것을 잊지 않았다.

"경비원, 뭐 합니까! 판결이 끝났으니까 신성한 법정에서 소란을 피우는 피고인은 쫓아내세요!"

대통령.

누군가에게는 원망의 대상이기도 하고 전혀 관심이 없는 자리이기도 한다.

그리고 또 다른 누군가에게는 일생일대, 아니 평생에 걸쳐 이루고 싶은 꿈이기도 했다.

[이로써 새로운 대한민국 대통령으로 만 40세의 손태진 후보가 당선되었습니다. 손태진 당선인은 전 세계를 통틀어 두 번째로 젊은 나이에 당선된 것으로 기록되었으며, 앞서 전전대의 대통령이었던 김주훈 대통령보다…….]

축 당선 확정이라는 문구와 함께 아나운서의 목소리가 대형 TV에서 흘러나왔다.

그 순간 손태진 당선인의 대기실에서 우레와 같은 박수와 함께 함성이 동시에 터져 나왔다.

"좋아! 이겼다!"

"우아아아아!"

"우리가 이겼다! 이겼다고!"

"후보님, 축하드립니다. 진심으로 축하드립니다! 앞으로도 견마지로를 다하겠습니다!"

족히 수십 개가 넘는 꽃다발이 일제히 정중앙에 앉아 있던 손태진에게로 향했다.

그 꽃다발을 바라보며 미소를 짓던 손태진이 고개를 왼쪽으로 돌렸다.

그곳에는 주름이 얼굴에 가득하지만, 당당하고 위엄 가득한 태도로 앉아 있는 한 노인이 있었다.

그의 이름은 손진석.

대한민국 정치판에서 무려 30년을 버텨 온 노장이자 7선의 국회의원.

그리고 이제는 대통령이 된 손태진의 아버지이자 그의 조력자였다.

"고생했다."

손진석이 떨리는 목소리로 손태진을 보며 입을 열었다.

그리고 이어서 손진석이 삼키듯 한마디를 더 내뱉었다.

"……네가 해낼 줄 알았다. 이 아비는 네가 너무나 자랑스럽구나."

손태진이 놀란 표정으로 손진석을 쳐다봤다.

지금까지 그의 아버지로부터 자랑스럽다는 얘기를 들은 적은 단 한 번도 없었다.

반장은 기본이고 전교 1등을 넘어 대학 입학 수석, 학회장, 심지어 국회의원에 당선되었을 때도 자랑스럽다는 얘기를 일언반구조차 하지 않았던 손진석이었다.

그저 수고했다는 말을 했을 뿐이었다.

손태진이 입술을 꾹 깨물며 말했다.

"……그 말을 꼭 듣고 싶었습니다. 이제는 아버지의 자랑스러운 아들이 맞는 겁니까?"

손진석이 붉어진 눈동자로 고개를 끄덕였다.

"너는 언제나 자랑스러운 아들이었단다. 그리고 이제는 대한민국, 아니 세계가 자랑하는 대통령이 되려무나."

"아버지……."

대부분의 사람들은 손진석을 욕했다.

얼마나 권력욕이 강하면, 자식을 정치판에 끌어들이고 대통령으로 만들고 싶어 하냐고 말이다.

과거 조선의 흥선대원군처럼 섭정을 하고 싶은 것이 아니냐고 비아냥거리는 사람도 있을 정도였다.

그러나 손태진은 아버지가 자신을 대통령으로 만들고 싶어 하는 것은 그런 이유가 아니라는 것을 뒤늦게 알았다.

아버지, 손진석은 그저 보고 싶었다는 것이다.

이 나라 최고의 자리에 오르겠다던 꿈을 자신은 이루지 못했으나, 하나뿐인 아들은 이룰 수 있을 것이라고 말이다.

그것이 그의 남은 삶에 있어서 목표이자 꿈이었다.

그저 그것뿐.

그것으로 만족할 뿐이었다.

토닥- 토닥-

그렇게 아주 잠깐이지만 손진석이 손태진을 껴안고 등을 가볍게 두드려 줬다.

부자의 대화는 그것으로 충분했다.

짧은 시간이 지나고 마음을 추스른 손태진이 몸을 돌려 지금까지 자신을 지지하고 고생한 사람을 쳐다봤다.

스윽-

"기자회견 준비하세요. 구질구질한 당선 소감이 아닌 이 나라를, 대한민국을 앞으로 어떻게 이끌어 갈지 국민들에게 발표하도록 하겠습니다."

창공을 뚫을 듯 높게 솟은 빌딩.

그 빌딩의 로비를 바라보며 앳된 얼굴의 남성이 크게 숨을 들이마시고는 버럭 소리를 질렀다.

"아자! 할 수 있다! 할 수 있다! 최현석 너는 할 수 있다!"

갑작스러운 외침에 주변의 사람들이 깜짝 놀란 얼굴로 그를 쳐다봤다.

대부분은 웬 미친놈인가 하는 표정이었지만 말이다.

하지만 그와 상관없이 최현석은 연달아 호흡을 하며 양손으로 자신의 뺨을 두드렸다.

짝— 짝—

"……나는 할 수 있다."

최면을 걸듯 중얼거린 최현석이 이내 굳은 얼굴로 빌딩의 로비로 걸어 들어갔다.

저벅— 저벅—

머릿속으로 수십, 수백 번의 시뮬레이션을 했던 그였다.

그렇기 때문에 비록 처음이었지만 로비로 들어서기 무섭게 최현석은 안내 데스크로 걸음을 옮겼다.

안내 데스크로 향하자 미모의 여성이 방긋 웃으며 말했다.

"안녕하십니까? 무엇을 도와 드릴까요?"

"며…… 며…… 며…… 며…… 면……."

"네?"

"그, 그게…… 그게 그러니까…… 면…… 면……."

수십, 수백 번 머릿속으로 시뮬레이션을 돌렸다고 한들 그게 현실은 아니었다.

시뮬레이션만으로 모든 것을 완벽히 할 수 있다면, 모든 사람이 스타로 살아갈 수 있을 것이다.

세상은 그렇게 호락호락한 곳이 아니었다.

"이것 좀 드시겠어요?"

최현석이 안타까워 보였을까?

안내 데스크의 직원이 물병을 내밀었다. 재빨리 물병을 받아 든 최현석은 숨도 쉬지 않고 물을 삼켰다.

꿀꺽-

"후아."

그리고 이어지는 깊은 한숨.

"이제 좀 안정이 되셨어요?"

"감사합니다. 덕분에 살았습니다."

"그보다 무슨 일로 방문하셨나요?"

다시 한 번 데스크 직원이 방문 목적을 묻자 최현석이 진지한 얼굴로 입을 열었다.

"오늘부로 한빛 일보 인턴으로 발령 난 최현석 기자입니다. 출근하면 제일 먼저 안내 데스크를 찾아 얘기를 하라고 메일을 받았습니다."

"역시 한빛 일보 인턴이셨구나."

당연하다는 듯 대답하는 데스크 직원의 모습에 최현석이 고개를 갸웃거렸다.

순간적으로 인턴이라고 무시를 하는 건가라는 생각이 들었다.

하지만 이내 그건 아닐 것이라는 생각이 들었다.

한빛 일보는 현재 대한민국 신문사에서 TOP 랭크에 위치한 언론사다.

몇 십 년의 전통은 없지만 팩트만 보도한다는 한빛 일보의 가치관은 불과 몇 년 만에 대한민국 전 국민의 마음을 사로잡았다.

어디 그뿐이겠는가?

한빛 일보의 신문에는 쓸데없는 광고가 없기로 유명했다.

더불어 직원들의 연봉과 복지 역시 재벌인 전 언론사 중에서도 으뜸이었는데, 대한민국 최고의 재벌인 대한 그룹에 못지않을 정도였다.

덕분에 이번에 최현석이 합격한 한빛 일보의 인턴 채용 경쟁률만 해도 무려 230:1이었다.

공무원 경쟁률을 뛰어넘는 그야말로 무시무시한 수준이었다.

인턴 채용이 이 정도였으니, 정규직은 말할 것도 없었다.

'이런 대단한 곳에 내가 왜 합격한 줄은 모르겠지만 말이야.'

이름도 없는 지방대 신방과 출신.

그마저도 학고를 간신히 면한 성적.

기껏해야 하루가 멀다고 현 기업들의 잘못된 체제와 그로 인해 피해 받는 사람들의 인터뷰를 개인 SNS에 올리던 게 그나마 내세울 수 있는 경력이라면 경력이었다.

한빛 일보의 인턴에 지원한 것도 그저 답답한 나머지 술을 마시고 될 대로 되라는 식으로 지원한 것이었다.

"저기요!"

"네?"

한참 최현석이 생각에 잠겨 있을 때, 데스크 직원이 조금 목소리를 높여 말했다.

스윽—

"이거 받으세요."

데스크 직원이 최현석에게 노란 봉투를 내밀었다.

최현석이 눈을 깜박이자 데스크 직원이 다시 말했다.

"그게 한빛 일보의 1차 미션이에요."

"……1차 미션이요?"

"네. 앞서 이 봉투를 받아 간 사람만 얼추 30명은 될걸요? 그리고 제가 듣기로 미션은 시간제한이 있다고……."

"가, 감사합니다!"

데스크 직원의 말이 끝나기도 전에 최현석이 재빨리 봉투를 받아 들고는 로비 밖으로 뛰어나갔다.

봉투 안에 무엇이 담겨 있는지 모르지만, 본능적으로 빨리 움직여야 한다고 판단한 것이다.

그렇게 최현석이 로비 밖으로 뛰어나가자 데스크의 직원이 조심스러운 표정으로 고개를 돌렸다.

그곳에는 한눈에 보기에도 여직원과 비교되는 평범한 인상의 사내가 앉아 있었다.

"……저기 국장님, 근데 진짜 이렇게 하는 게 효과가 있나요?"

놀라운 얘기였다.

국장.

해당 빌딩에서 그런 칭호를 들을 수 있는 이는 단 한 사람뿐이었다.

바로 한빛 일보의 실질적 대표라 할 수 있는 차태현.

평범하기 짝이 없는 얼굴로 앉아 있던 사람이 바로 차태현 국장이었던 것이다.

씩-

차태현 국장이 입꼬리를 올리며 로비로 뛰쳐나간 최현석의 뒷모습을 눈동자에 담으며 중얼거렸다.

"당연하지. 무릇 언론인이란 펜대만 굴려서는 안 돼. 발바닥, 두 발로 미친 듯 뛰어 봐야 정신 개조가 되면서 진정한 언론인을 향해 한 발짝 다가갈 수 있는 거야. 나도 그 사람과 함께 세상을 바꾸려고 할 때는 그랬으니까. 부디 이번 인턴 중에는 나랑 같이 세상을 바꾸고 싶어 하는 친구들이 있으면 좋을 텐데. 아무튼, 기대해 보자고."

산더미처럼 쌓인 박스.

그 앞에서 외국인 청년이 심각한 표정을 짓고 있었다.

청년의 손에는 막 뜯은 과자 한 봉지가 들려 있었다.

"……맛이 변했어."

"예? 대표님, 그게 무슨 말씀이신지?"

청년의 한마디에 머리가 반쯤 벗겨진 중년인이 깜짝 놀란 표정으로 대답했다.

그는 국내 굴지의 과자 공장 NS의 본부장을 역임하던 김정호였다.

퉤-

청년이 입에 머금고 있던 과자를 뱉으며 말했다.

"본부장님, 새우 과자 본연의 맛이 뭐라고 생각하십니까?"

"네?"

"새우 맛을 느끼려고 새우 과자를 먹습니까? 아니요. 새우 과자 고유의 짭짤하면서도 당기는 그 맛! 당장 물을 먹고 싶지만 하나만 더 먹고 마시고 싶어지는 그 맛! 한 잔의 맥주가 간절해지는 바로 그 맛! 그게 바로 새우 과자의 매력입니다. 근데 이건 뭡니까? 그저 MSG만 버무려 놓은 것 같은 달달한 맛은?"

"……."

김정호는 아무런 말도 하지 못했다.

확실히 젊은 대표의 말대로 최근 트렌드를 따라 과자의 맛을 대폭 변경했다.

하지만 그럼에도 불구하고 판매량은 감소하고 있는 추세였다.

청년이 한숨을 푹 내쉬며 말했다.

"후우. 이런 제품을 시장에 풀어 봐야 소비자들한테 외면당할 뿐입니다."

"그, 그럼 이 많은 재고는 어떡합니까?"

"당장 폐기하세요."

"네?"

폐기라는 얘기에 김정호가 소스라치게 놀랐다.

폐기를 한다면 그 손해는 고스란히 제조사가 떠안을 수

밖에 없었다.

하지만 김정호의 놀람과는 상관없이 젊은 대표는 단호하게 말했다.

"내가 이 공장을 운영하는 이유는 단 하나입니다. 돈을 벌기 위해서가 아니라 세상에서 가장 맛있는 과자를 만들기 위해서죠. 이 케빈이 추구하는 것은 바로 그것 하나예요. 그러니 지금 있는 것은 모두 폐기하고 연구원들 모두 소집하세요. 아무래도 제대로 된 과자가 뭔지에 대해 깊은 대화를 나눌 시간이 필요한 것 같으니까요."

지끈지끈–

머리의 두통이 쉽사리 가라앉지 않았다.

하지만 언제까지 두통으로 인해 이마를 부여잡고 있을 수는 없는 노릇이었다.

"후우우우……."

깊게 숨을 들이마시고는 눈에 힘을 잔뜩 줬다.

그러자 조금 전 기억이 새록새록 머릿속에 떠올랐다.

"……대체 무슨 짓을 한 거야?"

머천트 준이 남긴 목소리가 아직도 머릿속에 생생했다.

녀석은 분명 약속을 이행하라고 했다.

문제는 그 약속이 황당하기 그지없다는 것이다.

스윽―

고개를 들어 반사적으로 하늘을 쳐다봤다.

피식―

순간 어이없는 웃음이 흘러나왔다.

하늘에 선명하게 보이는 두 개의 태양.

마치 구시대 판타지 소설에서 흔히 나오는 문구와 같았다.

눈앞에서 작열하고 있는 두 개의 태양은 대한민국, 아니 지구에서라면 결코 볼 수 없는 것이었다.

이것을 통해 알 수 있는 것은 단 하나였다.

"날 다른 시간의 세상으로 보낸 것인가?"

어렵지 않게 추측할 수 있었다.

룰렛은 내가 살던 세계의 과거와 미래로 보내는 능력을 보유하고 있었다.

그런데 머천트들이 개입함으로써 그 능력에 변화가 생긴 것이다.

"빌어먹을!"

절로 욕설이 튀어나왔다.

하지만 무조건 머천트들을 탓할 수는 없었다.

만약 그들이 내민 조건을 받아들이지 않았다면, 마지막 순간 이승우와의 싸움에서 결코 이기지 못했을 것이다.

"후우."

애써 짜증을 참아 내며 옆구리 쪽으로 손을 뻗었다.

그러자 상급 급속 치료 알약이 손에 잡혔다.

다행히 타임 포켓은 정상적으로 작동하는 듯했다.

그렇다면 내가 가진 능력 또한 그대로 사용할 수 있을 확률이 높았다.

슥–

주변을 둘러보니 대충 숲의 한가운데인 것 같았다.

피식–

갑자기 튀어나오는 웃음.

20살의 평범한 대학생에 불과했던 자신이 10년조차 되지 않는 시간 동안 별의별 일을 다 겪었다.

이제 와서 새로운 세상으로 떨어진 게 대수일까?

설령 그곳이 소설처럼 판타지 세상이 됐든 무협의 세상이 됐든 알 바 아니었다.

어차피 목표로 하고 해야 할 일은 한 가지뿐이다.

"놈들이 원하는 것을 찾아 주고 원래의 세계로 돌아간다."

누구보다 소중하고 사랑하며, 지금까지 지키기 위해 최선을 다했던 사람들이 있는 세상.

"돌아가면 된다."

그것만 잊지 않으면 된다.

그 전까지는 이 세계에서 나는 어떤 식으로든 살아갈 것
이다.

"그럼, 어디 한번 움직여 볼까?"

휘이잉.

한 걸음 발을 내딛는 순간 시원한 바람이 날 반겨 줬다.

그렇게 내 앞에는 또 다른 세상, 새로운 여행이 시작되었
다.

〈완 결〉